周月亮文集

《儒林外史》人物品鉴

周月亮　著

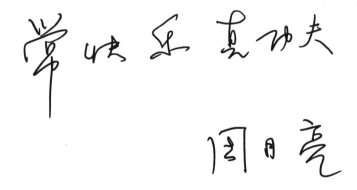

中国科学技术出版社

·北京·

图书在版编目（CIP）数据

《儒林外史》人物品鉴 / 周月亮著. –– 北京：中国科学技术出版社，2024.1

（周月亮文集）

ISBN 978-7-5236-0414-4

Ⅰ. ①儒… Ⅱ. ①周… Ⅲ. ①《儒林外史》–人物形象–小说研究 Ⅳ. ①I207.419

中国国家版本馆CIP数据核字（2024）第003876号

总 策 划	秦德继
策划编辑	周少敏　胡　怡
责任编辑	胡　怡　赵　耀
封面设计	余　微
正文设计	王　丹
责任校对	吕传新　焦　宁　邓雪梅　张晓莉
责任印制	马宇晨

出　　版	中国科学技术出版社
发　　行	中国科学技术出版社有限公司发行部
地　　址	北京市海淀区中关村南大街16号
邮　　编	100081
发行电话	010-62173865
传　　真	010-62173081
网　　址	http://www.cspbooks.com.cn

开　　本	880mm×1230mm　1/32
字　　数	1936千字
印　　张	86.25
版　　次	2024年1月第1版
印　　次	2024年1月第1次印刷
印　　刷	北京世纪恒宇印刷有限公司
书　　号	ISBN 978-7-5236-0414-4/I·83
定　　价	498.00元（全11册）

周月亮

河北涞源人，中国传媒大学学术委员会委员，阳明书院院长、教授、博士生导师。

另有心学、智术系列著作分别汇刊。

自序：误解与希望

世代如落叶。代代人大多乱七八糟地活、稀里糊涂地死，少数坚持明白地活、尊严地死。反思其中的滋味，留下悲欣交集的辞章，后人的解读不过拾几片落叶。后之视今如今之视昔，这条精神链扭结着误解与希望。误解如秋风中的落叶，希望如落叶中的秋风；误解如烦恼，希望如菩提；误解如无明，希望如净土。谁能转烦恼成菩提？谁的误解即希望？恐怕差不多的人的希望却是误解吧。尽管如此，留下的落叶，好生看取也有雪泥鸿爪。

《孔学儒术》中，儒术的精要可用"中而因通"来简括："中"是"执两用中"的"中"，儒家的中庸与释家的中观目的不同，道理相通。"而"是"奇而正、虚而实"的"而"，其哲学要义在"一与不一"，是对付悖论的最好的智慧，不"而"则不能"中"。"因导果"是世间出世间的总账，"因"字诀最普适的妙用是引进落空。不通不是道，通道必简。化而通之概括了"因"的意义，通则久。

《〈水浒〉智局》透析了《水浒传》中智慧、权力、暴力的关系：函三为一、一分为三，合则为局、析则为戾。水浒人此处放火、彼处杀人之朴刀杆棒生意串成江湖版的《孙子兵法》。宋江能够统豹虎是"阴制阳"，梁山好汉被朝廷赚了也是"阴制阳"。阴为何物？直教一百零八好汉生死相许！

《性命之学》以性命作为重估文人价值的标准和依据。穿透了虚文世界曲折的遮蔽，才能探讨人自身的性命下落。性命之学由心性谱写。近世让人心酸眼亮的"心性"有王阳明、李卓吾、唐伯虎、曹雪芹、龚自珍、鲁迅等，他们是塔尖。他们提得住心，所以他们的心性剧有声有色。

《〈儒林外史〉士文化研究》提取了《儒林外史》展示出的贤人困境、奇人歧路、名士风流、八股士的愚痴等士子型范；在封建时代，士文化的根被教育败坏了。用教育来反教育，是古代中国士文化传统的一部分。

《儒林外史》中每一张脸都是一座碉堡，文学人物是现实人格的象征，《〈儒林外史〉人物品鉴》透视封建时期士人"没出息"的活法、自己骗自己的文化姿态，以及他们无路可走的"不在乎"的无奈。最窝囊的是，当时的文人说不出一句明心见性的话。

《王阳明传》呼吁善良出能力来：对人仁从而鉴空衡平、爱"爱心"而天良发现。良知顿现，难事易办。心学是意术，是感觉化的思想、哲学化的艺术，是修炼心之行动力的功夫学、成功学。致良知教世人柔心成真人。

现象即本体，影视通巫术，方法须直觉，效果靠博弈:《电影现象学》旨在使影视艺术能有自己的本体论、方法论。

文化即传播，只要一"化"就有传播在焉。我几千年文明古国，锦绣江山，传播玉成。《文化传播》写的是文化的传播即传播的文化。

《揉心学词条》想总结误解发生的思维机制（意向三歧性）、误解发生的心理机制（欲望三重化）、误解发生的语言机制（言语的三不性）、误解发生的行为机制（互动反馈误差扩大），想建立"误解诊疗术"，但只是沙上涂鸦，更似煮沙成饭。

家，是移情的作品。院子是境，也是景。情景交融，在美学上值得夸耀，在生活中是不得不做的事情。"我"寄寓于别人家院子，像小件寄存一样。《在别人家的院子里》是我印象深刻的生活经历。

刺刺不休十一卷，诚不足称之为著作，只是我造句几十年的一个坟丘（另有百万虚构类文字已被风吹）。其中包着误解，也含着希望。误解，是人自我活埋的本能。希望，是人自我生成的器官。"我"因对希望心不诚而自我活埋着。

最后，我满怀深情却文不对题地抄几则卡夫卡的箴言:

> 生的快乐不是生命本身的，而是我们向更高生活境界上升前的恐惧;生的痛苦不是生命本身的，而是那种恐惧引起的我们的自我折磨。

它（谦卑）是真正的祈祷语言……人际关系是祈祷关系，与自己的关系是进取关系。从祈祷中汲取进取的力量。

生命开端的两个任务：不断缩小你的圈子和再三检查你自己是否躲在你的圈子之外的什么地方。

2023 年秋

目　录

小引：从《儒林外史》看吴敬梓的审美理想

吴敬梓是一位具有思想家气质的小说家，整部《儒林外史》通篇都贯以冷峻的笔调，都有一种理性的冷峻，有一种将人生底蕴看透了的冷静。当然这种深情冷眼的冷，出于一种真正的深邃的热，能够保持艺术节制、体现艺术创作冷热辩证法的热，我们越是深深体味，就越能感受其博大仁爱的热。《儒林外史》作为一部写实的叙事文学作品，书中的这种感情是隐大于显的。这样，我们读《儒林外史》就能获得一种感觉：它表面上浮动着嘈杂的人事纷争，人物像走马灯一样，此起彼伏，各领风骚两三回，卖弄着各自的身段与脸谱。我们看到那个世界的"整个生活都好像是一个不能理解的、没有目的的笑话"（契诃夫）和混杂而没有主题的闹剧。然而，在那变动不居的舞台的深层和那纷呈的人物间，世相之中有一种静穆而强烈、优美而严肃的情愫。

人物性格在展现，情节在发展，场景在转换，悲喜交呈、错综复杂，但这情愫始终那么严肃、优美。从开篇到卒章，这种情愫有目标地定向前行，显示着一种境界。那嘈杂的人事纷争的场面，是吴敬梓展示给我们的诉诸我们认知的世相、世情,是他所描摹的"物象",使我们看破一些什么;这种情愫诉诸我们的体味,"物象之理"使我们憧憬些什么。这种情愫及物象之理就是吴敬梓的人生哲学、审美理想的真谛和底蕴。

为简便,我们姑且先举楔子中的景物描写为例,说明这种情愫的存在。

王冕形象无须再作说明。他是人与自然和谐交融的古典理想的一个范例。七泖湖畔的湖光荷色陶冶了他幼小的心灵,对他人生哲学的形成、人生道路的选择具有启蒙性质的作用。围绕着他的景物描写,细腻漂亮,生气灌注,饱含着返归自然的气韵。那"苞子上清水滴滴,荷叶上水珠滚来滚去"的荷花,不仅使王冕爱上自然,也是王冕能出污泥而不染的高洁人格的写照。那么普通的景色,表现得那么自然、淡雅又充满了生命和情意,充满了动的情志,好像是客观地描绘自然,其实只有高洁的主观品格和情感才能表达得出。物的形象是人的情趣的返照。这种意境显现着吴敬梓的人生境界的追求,饱含着吴敬梓企慕那种人格的情愫,与塑造王冕形象的意义相一致。而且,人与自然交融的画面大于人物形象的内涵,已经不是一种人格理想,而是一种理想的人生境界了:永葆人的淳真本性,主体独立自足,情操高洁又自由自在……

审美理想是审美情感的理性凝结和审美需要的自觉化。审美需要,归根到底是一种人生要求。所以,所谓审美需要的自觉化,其核心和关键是人生哲学化。审美情感既不是某种片面的物质需要的情感,也不是抽象认识和伦理认识的情感,而是综合、超出于这一切的人的整体需要——审美需要产生的情感,是一种积淀了感性的理性，积淀了理性的感性，是一种整个人格、精神境界的情感体现。审美情感凝结升华而成的审美理想，是凝结着理性的感性性相的境界，是一种立象以尽意的能突破理性定义上限的、用理性文字不能表述完整的对于现实的、现实与未来联系的感性性相的整体把握。

诚如有的学者指出的，吴敬梓的世界观至少有三个方面的因素：第一，正统儒家思想的熏陶；第二，顾炎武、颜元等人思想的浸润；第三，魏晋风度的影响（李汉秋《吴敬梓与魏晋风度》）。但对吴敬梓来说，这三者是交融的，三者融合而成的境界不但能超越任何一者，而且不等于三者相加，而是升腾为一种新的境界。首先熔铸成一种新的人生哲学，再经由情感的想象，形成一种新的审美理想。

像列夫·托尔斯泰为 19 世纪的俄罗斯贵族寻找出路一样，吴敬梓为 18 世纪中国的读书人探索精神前途。他们看到"道德自我完善"的重大意义，写人的精神达到了深邃的境地，必然触及社会制度问题，从而都提出了改革制度的设想，都表现出一种思想家的气质、深刻而正确的理性，帮助他们的艺术创作臻于高深之境，又由于理性突出而带来了一些形象的苍白和空洞。吴敬梓难能可贵地对科举制度和卑劣士子同时展开了批判。八股取士要求"代圣贤立言"，因而窒息了无数士子的思维感受能力，仅此一条荣身之路消磨了无数士子的生命力，使功名势利观念成为最大的精神污染。另外，一些卑劣士子自觉地追求精神堕落，假借科名爬入上层而作威作福。例如，匡二的蜕变并不应该由马二负责。马二对匡二的感情是忠厚长者对陷于困境的青年的仁爱助救之情，虽一唱三叹地向匡二宣传"人生总以举业为主"，但他自己一生孜孜追求举业，品德却为上上。这就表明士子固持道德不但应该而且可能，比单纯地批判科举制度更深刻，既对知识分子提出更高的要求，又为知识分子摆脱科举制度可能施加的斫伤和侵蚀指出了方向。吴敬梓还着意塑造了一些襟怀冲淡的贤人，如虞博士中与不中都不喜不怒，主体独立自足，考科名仅为做官方便。由于他们道德上超拔，就摆脱了科名的桎梏。不走科举道路的假名士，没有有价值的人生追求，以风雅的庸俗代替平凡的庸俗，在自我欺骗的虚荣中过着无聊的生活，也是对淳真健康的人生的一种败坏。他们贪图虚假的名声，以此为安身立命之处，而正好背弃了"文""行"——将健全的知识和道德品行弃之如敝屣。吴敬梓除了寄希望于知识分子本身知耻自励、敦品矫俗外，在底层人民身上看到了美好的人情。牛老儿、卜老爹、匡二父亲的品行见识都是很令人钦敬的。匡二父亲对匡二的教训诚为吴敬梓人生哲学的点睛之笔。吴敬梓希望且要求士子无论"出""处"，都要讲求"文""行"，在选择生活道路时注重精神道路的择取，不以科名等身外之物为重，恢复人的淳真本性，以实现主体独立自足为最高境界。这是贯穿《儒林外史》全书的那优美而严肃的情愫的道德理性内容，也是吴敬梓人生哲学的大旨。

它经由情感性渲染、想象性发挥而成为吴敬梓的审美理想。在《儒林外史》中，吴敬梓创造的最能引为自己满足的情感体现，通过自己的艺术进入的审美理想的世界，是杜少卿形象洋溢着的"豪放"的"逍遥自在，做些自己的事"（《儒林外史》第三十四回）的旨趣。

杜少卿是灌注着作家全部人生感受的、映现着作家全部感性情趣的形象。杜少卿比虞博士等真儒之所以个性鲜活,原因就在于虞博士等真儒贤人是作家理性的结晶,是作家贤人政治的符号。贤人政治是作家接受、赞同并希望以此为末世一救的政治理想,但毕竟没有充分化为作家的感性情志,还没有能够成为作家的情感血肉,因而不是作家的审美理想的典型体现。这类形象的真正价值在于他们的人格境界,在于显现、说明吴敬梓人生哲学的一方面内容。正是虞博士的"浑雅"、庄征君的"恬淡",他们能够澄怀悟道不以升迁悲喜,又注重以道德教化挽救"颓心",这才赢得杜少卿的顶戴敬重,显示出杜少卿事业的人世性质。杜少卿与真儒贤人相依为命,事实上既说明着杜少卿的进步——希图为世界增添一些亮色,又说明着他的悲剧性的软弱——要求一种新的秩序和精神状态,离开贤人即觉无所依归(《儒林外史》第四十六回)。那新的秩序和状态对他还很朦胧,但他在探索。他解说《诗经》,从理论上寻求人应该怎样生,路应该怎样行的依据。他对《女曰鸡鸣》的文学性的赏析渲染着一种独立自主、怡然自乐的生活境界。在实际生活中,他也在努力于人的主体的独立自足,逍遥自在。在《儒林外史》第三十三回中,杜少卿搬入河房之后,众人来贺,"到上昼时分,客已到齐,将河房窗子打开了。众客散坐,或凭栏看水,或啜茗闲谈,或据案观书,或箕踞自适,各随其便"。携妇同游清凉山的沉醉意态,则是这种旨趣的最充分的显现,是杜少卿最"能引为满足的情感体现",是他"通过自己的艺术而进入的世界"。

这是一种"莫春者,春服既成,冠者五六人,童子六七人,浴乎沂,风乎舞雩,咏而归"(《论语·先进》)的境界。孔子一生知其不可而为之,自强不息地为仁和礼奔走呼号,创建了"仁—礼"结构的儒学体系，创建了总体特征为进取型的人生哲学，却喟然赞同曾点此志，以此为最高境界，就是因为这是一种追求人生自由的境界，不但与积极进取的人生态度、入世伦理思想不矛盾，而且是它们的一种升华。因为这是一种对人格全面发展、精神自由丰富的追求（我认为，道家是以此为起点进一步发挥的，儒道能够互补，必有相通之处，相通于此），所以在小说中，这种境界与贤人政治和对科举制度、功名势利观念的批判并不矛盾，而是一种必然的升华。

我们可以说，体现以颜李学说的贤人形象构成的改革图案是实现这种境界的手段。在吴敬梓的人生哲学中，贤人政治与魏晋风度相融合，才有了庄绍光这样的形象，既鼓吹休明、助政教，又在玄武湖的湖光山色之中怡然自乐。过去只强调了魏晋风度自我意识的觉醒、寻求精神解放的一面，注意的是他们的放诞狂狷，"越名教而任自然"（嵇康《养生论》）。其实在"任自然"之中呼唤着新的秩序。鲁迅先生说他们是要真名教。时代的原因、嵇康等的思想特征决定他们要的名教不可能是孔丘时代的名教了，而是要求与司马氏政权的杀夺无常，以及社会生活瞬息万变、朝不保夕的气氛相对立的一种和谐与稳定、一种新的秩序、新的精神状态。在那种环境之下，他们只有以一种狂放风流的姿态显示对现实的超越和对新秩序的追求。

《儒林外史》中的奇人正与此大致相似，被誉为"古今第一奇人"的杜少卿是这样，市井四奇人也是这样。这就又与贤人相通了——杜少卿以察博士为精神支柱，而莫愁湖名士集团的领袖杜慎卿却不可能与贤人沟通。

小说写虞博士"浑雅"，庄征君"恬适"，杜少卿"豪放"，而豪放必须兼有浑雅、恬适，才是真正的豪放，否则便是浅薄的放浪。吴敬梓本人经历了由放浪到豪放的历程。到"闲居日对钟山坐，赢得《儒林外史》详"时的吴敬梓，已由"泥沙一掷金一担，……往往缠头脱两骖"到"灌园葆贞素"，集恬适、浑雅、豪放为一体了。所以，杜少卿能以一种超然的态度对待一切，进取而不贪求功名，超脱而不遗世独处，不但依恋自己的本性，葆全自己的"贞素"，而且理解支持别人为人格独立而进行的斗争，既有理性节制，又有感性怡乐。立象以尽意的最典型的感性画面，就是杜少卿"我与点也"似的境界。我们可以借用今道友信对孔子艺术哲学的判断——这种境界是"基于礼的意识的超越"（所谓礼是"善和美"的统一体，详见《美学译文·孔子的艺术哲学》）。这也就是说，吴敬梓的审美理想是"基于礼的意识的超越"型的，有一种在其人生哲学的基石之上向未来、向彼岸升腾的力、超越的磁场。吴敬梓不但通过自己的艺术为自己创造了一个能引为情感满足的世界，也给我们创造了一个洋溢着东方古典型超越意识的世界。这既不是简单的"入世"，也不是简单的"出世"，而是一种进取的超越。

因其进取，所以批判、赞美，干预生活；因其超越，所以《儒林外史》总体的格调保持着一种典范的古典型的单纯和静穆。辛辣的讽刺中保持着冷峻的平静，同情的赞美中保持着深沉的节制，本来类似19世纪俄国文学中的"多余人"的杜少卿身上出现的痛苦的反思、不能实现理想的内心折磨等近代气质也被消融在东方古典的理性平衡、和谐统一的总体特征之中。

这种审美理想的魅力，在于它显示着一种主体独立自足的情境：杜少卿"我与点也"似的对现实的审美态度和全书对主体道德自我完善的强调相互生成，构成一种要求善美统一的目的，要求生活自由完全的情志。这典型地揭示出了中华民族进取而又超越的心理结构，并在开拓生成当代人的心理结构的历史过程中有着积极、健康的作用。因为它宣扬的人生哲学是健康而积极的——唯有进取才能改造现实，唯有超越才能在改造现实的过程中，精神向未来升腾。我们当然要看为何进取，向何方升腾，毕竟《儒林外史》是以善美统一为目的的。

审美理想是审美意识的灵魂，是作家发现美、表现美的价值尺度，是艺术创作的主观前提。审美理想驱使着想象力，对人的现实意识材料（认识表象和情感映象）进行选择改造，重新组合，从而产生审美意象。而审美意象的物态化就是艺术形象。事实上，艺术作品是否具有生命力，是否具有美的延续性，其关键取决于审美理想是否具有"永远生存和永远向前发展"（别林斯基）的生命力。艺术之所以生生不息，就是因为它具有沟通现实与未来联系的能力，对人的情感、精神有着不可代替的塑造作用。艺术就是艺术家运用完美的形式（别林斯基说："艺术性就是对内容的完美表达。"）运载着自己认为最高级的人生哲学、审美理想雕塑可能的接受者的活动。

我相信，《儒林外史》的人生哲学、审美理想对于实现改造自己、改造社会的历史运动，对于通达自由之境的人、人类社会的形成，会有永不衰竭的力量，甚或在未来的社会中获得更深层的认可。

王冕

　　现实主义艺术的能力在于如实描写，魅力在于如实描写富有诗意；诗意的如实描写来源于吴敬梓的发现；发现的奥秘在于你是什么决定你能够看到什么。《儒林外史》之王冕与《元史·隐逸传》之王冕不仅存在着文学与史学的不同，还存在着精神意趣上的不同。吴敬梓发现了王冕，又用王冕画荷花的方式画出来个王冕，于是天壤之间就有了这一代高人，尽管他是个放牛娃，职业是"问卜卖画"，照样"钦奇磊落"，可以按照自己的性子活，能够具备独立之意志、自由之思想。

　　王冕是人与自然和谐交融的古典理想的一个范例。七泖湖畔的湖光荷色陶冶了他幼小的心灵，对他人生哲学的形成、人生道路的选择具有启蒙性质的作用。他的童心被自然化育，围绕着他的景物描写细腻漂亮、生气灌注，饱含着返归自然的气韵。那"苞子上清水滴滴，荷叶上水珠滚来滚去"的荷花，不仅使王冕爱上自然，也成就了王冕出污泥而不染的高洁人格。等到王冕能够画出令人佩服的荷花时，他通过自己的修为达到了天人合一的境界，能够合一因为他具有了艺术表达的能力，而这能力的方向是与自然融合的。他放牛的时候，人在画图中，他画画时画图在他心中了。自然、艺术完成了他的成人礼。文化传播的使者——卖书郎不早不晚的出现，又成全了王冕超越现实的另一道路，那就是能够从书上发现古圣先贤，明白世上还有那样一种活法，屈原这样的人格范例赋予他精神力量、拔高了他的人生追求。王冕亲近自然、追慕古贤，不与当下的滚滚红尘和光同尘。围绕着他的景物描写，景色是那么普通，表现得那么自然、淡雅，又充满了生命和情意，充满了动的情志。物的形象是人的情趣的返照，这种意境显现着王冕的人生境界，自然也是吴敬梓的人格理想、理想的人生境界：葆全人的淳真本性，主体独立自足，情操高洁，又自由自在……这也是吴敬梓塑造这一形象所"敷陈"的"大义"的宗旨和核心。

王冕不是"相信只要自己干净，世界就不会弄脏"的"纯情诗人"。他的确如处子般纯洁、真诚、善良，却并没有披戴着早霞生活在梦一般的诗情里，他是一位智者。由于他兼具着美德和透视世情的明智，有资格成为吴敬梓的代言人、摄控全书的预言家："将来读书人既有此一条荣身之路，把那文行出处都看得轻了。"这不是一般的常见的人物议论，而是对全书描绘焦点的声明，是对《儒林外史》这部大书所展览的人世浮沉中人物心灵变异过程的焦点的说明，是对吴敬梓进行价值判断的基点的提示。我们不得不惊叹吴敬梓及王冕不同凡响的远见卓识，如同《红楼梦曲》是笼罩《红楼梦》全书的"主题歌"一样，"一代文人有厄"出自"名流"之口，给全书的情感调值定下了基调。尽管全书笔调诙谐，充满讥刺，但是一大批文人在物质上窘迫困顿，在精神上彷徨无依，不禁令人同声悲哭！不管他们是虚无而罪恶的存在，还是焦灼而高洁的存在，都有着内在不可解的情结：或是虚妄的漂流者，或是探险的漂流者，都无家可归，《儒林外史》是一部漂泊生命的悲歌！

整部《儒林外史》都流淌着一种"流逝"感，所有的人和事都在不了了之中逝者如斯了，最隆重的是贤人们的风流云散。这是中国古代人文精神的一个特征：生命的感伤，生命在西风中飘摇！从《诗经·采薇》里的"昔我往矣，杨柳依依；今我来兮，雨雪纷飞"，到《代悲白头翁》里的"年年岁岁花相似，岁岁年年人不同"，再到《红楼梦》里的《葬花吟》，浮生流逝，是中国诗人的基本哲思。《儒林外史》用散文写诗，王冕再能够诗意栖居也得经历离乱、老死。吴敬梓没有给王冕做完整传记的必要，只是为了展示这份流逝。

《儒林外史》中以王冕为中心的楔子，也是全书总体结构的一个预演，确实起到了笼罩全篇、"囊括全文"的作用。整部《儒林外史》生硬地说无非是存活着四类人，都在楔子中揭橥出来：时知县、危素囊括了鱼肉乡民的已"出"了的"乌官鳖吏"如王惠之流；胖子、瘦子、胡子揭示了趋炎附势的乡绅、假充风雅的名士的某些特征，不给他们具体姓名，正为了显示他们的普遍概括性；秦老的长厚明哲囊括了祁太公、甘露僧的义行，显示着牛老儿、卜老爹等底层人民相濡以沫的深情；而王冕则兼具着贤人、奇士的精神品格。

王冕从纸上发现了早已流逝了的古圣先贤后，打开了精神空间，"这王冕天性聪明，年纪不满二十岁，就把那天文、地理、经史上的大学问，无一不贯通"。这使他具备了理性觉悟的重要条件——有着广博的知识才能，唯其见多识广、博古通今，方能撷取多种思想文化养料，去破除当时"锢智慧"的教育制度的毒害，形成自己独特的人生观、价值观，有了坚持自己的"文行出处"的理性依据。虞博士、庄征君、杜少卿等皆有此种博学特征。吴敬梓心仪这种博雅之士，认为这种精神生活才是真正的生活，有没有精神内涵是真假名士的分水岭。王冕即使活到大祭泰伯祠也肯定不会出席，他只会终身都着屈原衣冠以抗俗"葆贞素"。因为王冕终究是带着与物无竞的清高思想来傲视庸众的隐逸，与贤人忧民教弊的淑世情怀不尽相同。说白了，他没有贤人那副社会热情。他与贤人相同的是人品，不慕名利，不愿与浊世同流合污的恬淡而高洁的品质。他尽管曾向吴王献策，但最终还是逃离朝政，隐居终老。统观全书，吴敬梓绝不专门表彰隐逸，赞美的只是他们的道德境界、高洁的人品。

　　一代文学中的文人形象，在一定程度上就是那一代文人的自我反省和自我塑造。小说乃吴敬梓自传的说法，不能太做着实的理解，但小说中的理想人物肯定是他审美理想的结晶。吴敬梓发现了王冕、塑造了王冕，在王冕身上寄附着道德自救的设想。王冕也在一定程度上是吴敬梓的自况：都不求闻达，都辞掉了征辟，都以狂狷姿态坚持着不合时宜的人文精神。金兆燕《寄吴文木先生》一诗中说王冕"蒲轮觅径过蓬户，凿坯而遁人不知。有时倒著白接离，秦淮酒家杯独持。乡里小儿或见之，皆言狂疾不可治。"吴敬梓的诗中也像王冕一样援引段干木、泄柳的故事，王冕"戴了高帽，穿了阔衣""到处顽耍，惹得乡下孩子们三五成群跟着他笑"，吴敬梓则是先在家乡后在秦淮河边惹得无数人"跟着他笑"，这两个人的"狂疾不可治"有着"越名教而任自然"的信息，以一种狂放而静穆的姿态完成了对现实的超越，报道着吴敬梓"基于礼的意识的超越"的人生哲学、审美理想。

正是在这个意义上，王冕的形象恍若全书精神之所在。他拒"功名富贵"于千里之外，啸傲山林，又借一技之长，养活自己，"闲来写就青山卖，不使人间造孽钱"（唐寅《言志》），经济上能自食其力，便摆脱了对有权者和有钱者的依附，便可"不伺候人的颜色"，过上"自以为快"的日子。王冕在长篇中如初升之曙色，市井四奇人如美好而令人叹惜的晚霞，他们以"嵌崎磊落"的个性在一片浊污的泥水之中为自己辟得一块净土。他们是那么质朴干净，有足够的亮度、高度来对比出蠢物的昧暗、陋儒的爬行。他们前后辉映，也叠印出景深感和丰富性。作者就是那样，一面批判、清算着民族性格、知识者性格的弱点，另一面追求着"人格理想"，不断地拟定着理想人格的型范，表现出持久的道德意识与审美意识的融合，是中国文学，尤其是古代文学突出的现象，更是《儒林外史》这部干预灵魂的艺术杰作的特征。在那优美而深刻的"楔子"中，吴敬梓倾注了他的主要思想、对生活的美学的总评价。在这个道德力与美感力交织的磁场中，王冕的形象毫无疑问是辐射的轴心。吴敬梓建立起这样一个"嵌崎磊落"的楷模，就给予了那些卑劣的儒林内外的人们的生活方式以毁灭性的揭露。王冕是鄙薄功名富贵的品地最上一层的"中流砥柱"，那些蠕动于富贵功名圈里的侏儒们，都在王冕的对照下露出了"本不应该这样的"丑相，被烛幽索隐的《儒林外史》收摄进去了。这种"櫽栝"法，显示了吴敬梓精致的辨识力和透入一切的观察力，对社会诸色人等的敏锐的感受力和掌握事物的特征的艺术概括力，而且使我们借以感受吴敬梓道德意识的完整性、关注问题的集中性，感受到《儒林外史》的情感秩序。

梅玖

梅玖，即梅三相，是薛家集的大人物。进了学的秀才，俗称相公，梅玖在家里排行老三，所以叫三相公。但吴敬梓着意要说的其实不是梅玖排行老几，而是说他有三副面孔。

夏总甲是村中的"首席大法官"，荀老爹是村中首富，梅玖则是村中首席学者。权（政治）、钱（经济）、学（文化），鼎足而三，梅玖人小位尊，因为在庠的学生（秀才）前程不可限量。一旦"发"个举人"中"个进士，就至少是个知县大老爷了。更关键的是，梅玖还年轻，有足够的时间走通这条金光大道。更要命的是，梅玖本人时刻都觉得就是这么回事。所以，他蔑视"小友"周进，不仅是因了现状上的优胜，还挥霍着未来的利息。

梅玖的"新方巾"与周进的"旧毡帽"恰成天然巧对，这不是两顶帽子，而是两种身份。礼制天下身份大如天。方巾再新也是"老友"，因为进了学了，毡帽再旧也是小友，因为只是名童生。周先生欢迎宴会的全过程都充满着这种冷酷的对比。梅玖的"老早就到了"，不是虔诚、恭敬、情人接站的多情，而是为了延长夸耀的时间，充分展示新方巾。这有周进进屋后，梅玖方才慢慢地立起来与周进相见为证。"慢慢立起来"也是为显示身份，如同黑老大故意说得慢声音低，不如此，便是对自己身份的浪费。礼是中国人的行为准则，人多了谁优先？序齿是理所当然的，这个当然是在同一个序列里。如果遇见等级高的就得按等级高低来，再老的大臣也得给小皇帝磕头，所以梅玖正色宣告：我们学里老友是从不和小友序齿的。他要够了派头、做足了身份，转而屈尊地说"今日之事不同"，则是一种别样的卑鄙，接近了王熙凤与贾琏要了银子还说要拿这钱给尤二姐上坟的水平。当梅玖用所谓学校规矩来为自己竖旗杆时，这位"老友"的行径否定了学校敦伦仁爱的全部教义，其刻薄达到了缺德的水平。

等级对于既得利益者来说是个好东西，对于失败者来说则是残酷的地狱山。梅玖自然比不过"骑马"的王举人，但比起挑担的周进来说，他这个"骑驴"的便颇感位高神逸、心满意足了。梅玖在戏弄周进时品尝着自己的"顶峰经验"，大有"官到尚书吏到都"的景象。许多文学史家遍检中国古代一流诗人、词人的著作时，总为他们的痛苦、失意惋惜，从而推断中国古代文人都是苦闷、压抑、惨苦、悲凉的。依据那些作品推断中国文人的感伤模式、悲壮风范，是可以满足充足理由律的要求的。然而，还有另外一脉永远洋洋得意的自喜"传统"，这一类型的人不会留下让人瞻仰的绝唱，因为他们的生命力用于自我欣赏、自我满足去了，与王冕们的主体独立自主截然不同，他们是只有衣裳没有人的梅玖们，梅玖们是没有什么生命的感伤的，这种兴冲冲爬科举山的种子选手，没有什么精神痛苦，也没什么文化苦闷。因为这号人没有精神，也没有文化，只有文化人的身份："我"是薛家集或五河县的"学界领袖"，身份决定一切，他们也只知道身份，不知道还有叫作文化内涵的东西。恰好内涵也是拿不出来的东西，因为内涵不能展示，一显摆就是另一种内涵了。从古到今，梅玖这类人永远满足现状，人不堪其鄙陋，那厮们却不改其乐，他们有充足理由反诘悲秋的骚士是自作多情、活该自苦。也许梅玖们更是深刻和坚强的。

其实，秀才受气倒霉的事儿多着呢，譬如与写《儒林外史》的人一样伟大的蒲松龄就苦恼非凡，明清两代的笑话、故事中有一个大的类别就是嘲笑穷酸秀才。梅玖刚在小友周进面前当过狼，又在范进范学道面前当起了羊（这个"刚……又"是叙述上的）。但梅玖是"通脱"的，能将失败与受挫变成成功与荣耀。考了四等是次要的，关键是第一。"状元不是第一吗？"他向荀玫解释道，这是老师明卖个人情，"考在三等中间，只是不得发落，不能见面了，特地把我考在这名次，以便当堂发落"（《儒林外史》第七回）。鲁迅称这种表演为"事大"：丞相跟我说话了，说什么了？说滚！欣赏了梅玖此番表演便知道恬不知耻的细致含意了。至于大板吻屁股时急中生智，拉大旗作虎皮、冒认当年死活看不起的小友为业师，倒显出了梅玖毕竟身手不凡，像当年嘲弄周进"吃长斋"时一样才华横溢，敏捷准确，富有效果：要了范学道。当初，梅玖把周进"羞得红一块白一块"，如今，周进的面子保护他的屁股免于红一块紫一块，真得相信一啄一饮皆宿缘了。只是"反向报应"罢了。周进、范进这样的念书念呆了的老实人总是受梅玖这样的流氓调戏倒是铁的规律。

同一梅玖，而有三相：以老友欺小友，一相；被范学道发落时又一相也；祭祀"国子监司业周大老爷长生禄位"，则是第三相也。

人活着还有准吗？梅玖活得有种吗？这种男人可以反衬出多少不想立牌坊的"细姑娘"们的正派！梅玖不仅是严贡生一流，捡有用的长官尽情相与，也还是王惠一流，朝为能员夕弃城。三者，多之象数也。既有三相就会有九变的。对于这一点，我们是不用怀疑的，对于"三相们"的变化能力是可以充分信赖而乐观的。三相者，要面子不要脸也。

梅玖的变化轨迹，有个决定性的支配因素，便是"势"。梅玖在任何情况下都能因势利导，充分发挥，立于不败之地。他以老友之势欺凌小友老童生周进时，像大老婆收拾小妾一样，落后不但言必称业师，保护周进留下的文物，指着"正身以俟时，守己而律物"这样一幅恰对"三相"构成形击的格言。梅玖不但毫无愧怍，反而理直气壮地教训和尚：拿水喷了，揭下来，裱一裱收好。当他说"还是周大老爷的亲笔"时，可曾忆起还是同一个周进受过他充足的揶揄？他用"还是"二字，显示从师历史之长、感情之深厚，证明他是真正的嫡系正宗。而眼前的荀玫就差多了："想着我从先生时，你还不曾出世！""你们上学，我已是进过了"——成了老友了。这也是要面子不要脸的一种症候，不放弃任何一个抬高自己压低别人的机会，以为这样自己就尊贵了，其实装腔作势更凸显了没有势的底囊。

"势"总是在时间中变化消长的。《儒林外史》有一个强大无言的裁判员、评论员，比"笑"还大的"大人物"便是时间。《儒林外史》中的时间感是作者写"人生富贵无凭据"一个最有力的"证据系统"。那时间之流貌似不经意地流淌着、闪烁着，却以悲切辛酸的语调倾诉着生命的飘忽、脆薄，构成着与每一个"当下此刻"的喜剧片段相衬映的悲剧情调。就说王举人惠及他与荀玫成为同年进士时，已是皓发人了，与当年避雨时看见周进给荀玫批仿构成何情味？类似这种闪烁的时间感不胜枚举，再举一则明显的。吴敬梓写全书尾声时，直接站出来总括了："那南京的名士都已渐渐销磨尽了。此时，虞博士那一辈人有老了的，也有死了的，也有四散去了的，也有闭门不问世事的。花坛酒社，都没有那些才俊之人；礼乐文章，也不见那些贤人讲究。"（《儒林外史》第五十五回）这就是公开地运用时间感来打动读者了。就说梅玖、荀玫考试归来，一句"周先生当年设帐的所在"（《儒林外史》第七回），不但勾起了读者对梅玖当年慢慢立起来的回忆、回味，而且每个明白正派的人都会产生闲斋老人的感慨："阅薛家集一段文字，不禁废书而叹曰：'嗟乎！寒士伏首授书，穷年孜孜，名姓不登于贤书，足迹不出于里巷，揶揄而讪笑之者比比皆是；一旦奋翼青云，置身通显，故乡之人虽有尸而祝之者而彼不闻不见也。夫竭一生之精力以求功名富贵，及身入其中，而世情险峨，宦海风波，方且刻无宁晷。'香山诗云：'宾客欢娱童仆饱，始知官宦为他人。'究竟何为也哉！"就是梅玖对周学道的牌位长跪不起，能抵消周进当初的羞苦不？王惠弄上了可以十万雪花银的知府却不得不隐姓埋名的开路。这些都是常态，梅玖只是这个磨道里的一头普通的"驴"，和当年周进一样陷于相同的困境——"难得的是碗现成饭"，也在"粮不粮莠不莠"的行列中。梅玖若富如盐商，或能像夏总甲那样充实蛮横，又何至于须用三相来应付世事？初遇周进时，他梅玖是少年新进，浅学自雄，不知行路难。蹉跎了十年，还是个秀才，而小友变成了业师，他从仗势欺人变成了趋炎附势。梅玖之有三相，抑梅生员之不幸乎！

闲斋老人的感叹能唤醒梅玖辈改弦易辙、不吊死在追名逐贵这株愚人树上不？断断不能，历史事实证明了《红楼梦》的断言：古人说过不曾提醒一个。闲斋老人的感叹在世人眼里相当于在孙柔嘉眼里方遯翁给方鸿渐指导的人生办法（《围城》）。《儒林外史》和闲斋老人并没有"终结"这类人这类事，鲁迅也没有完成，任谁也完不成，西方的上帝东方的佛祖都无济于事，何况个把只会造句的文人？尽管杜甫喊过："纨绔不饿死，儒冠多误身。"黄景仁嗟叹过："十有九人堪白眼，百无一用是书生。"但他们终身都带着儒冠当着书生，他们的浩叹也是士不遇这个亘古长存的老调，更何况区区梅玖乎？况且周进的事迹鼓舞着梅玖们：一朝金榜题名……

　　在时间的流逝过程中，有人由穷变富、由贱变贵，有人反向变之，殊无定则，绝不一律。西方现代派哲学、文学称这种"没准"的生存境遇为荒诞。《儒林外史》就是要着意写各类人生存在无根的漂泊、流浪的性状。梅玖的无根是双重的：政治体制使他不稂不莠，是依附伸缩的士子群中的一员；道德上他缺乏厚道、正派这类朴实而美好的品质，遂成为"变色龙"，一个人能够有三相是要面子，可悲可叹的是何以要面子就得不要脸？

张静斋

范进有两位老师，一位是周进，科举系统的恩师；另一位是张静斋，世道系统的良师。张静斋中过举，当过一任知县，在《儒林外史》这旷世橱窗博览会中主要有两种造型：一是帮衬新举人范进，使范进尝到了一朝榜上有名的甜滋味，其助人为乐的慷慨劲儿是令俭薄者咋舌的，后继者在这方面可以等量齐观的恐怕只有王惠助荀玫；二是领着范进去高要县打秋风。

明白了打秋风的全部学问则知晓了古代中国文化的一个重要侧面，掌握了打秋风的全部技巧就能四面逢迎、八面玲珑立于不败之地。打秋风是用凑趣的本领揩到油的艺术，比西方的广场讲演、法庭辩论的修辞术微妙多了，要灵敏地揣摩、得体地说话，意会大于言传。《儒林外史》是一本"打秋风大全"，比表现八股的内容多了去了。打秋风这种揩油，其微妙之处正在于不即不离，充满了变换性，因此更显得丰富多彩、摇曳多姿。平心而论，张静斋在《儒林外史》中不是最卑浊无耻的秋风客，只是因为作品一开场，他一出场就打了一场秋风，才显得特别醒目。尔后又有花色翻新的秋风客在卖弄身段、脸谱，"取类象形"，吴敬梓先撮一个典型亮相，提醒读者留意后来人。

本来像张静斋这样的老爷是无须打秋风的，他有充足的生活资源，广有地产、房产，是个殷实的地主，又中过举，有身份，还当过一任知县，正是权势中人，是胡屠户辈市井细民眼中的神仙。在中了秀才就可以不给知县老爷叩头的年代里，张静斋这个当过知县的举人，自然就成了县内最高档次的乡绅。因为他再高一点便坐官衙去了，贡生又是抵不过举人的。在范进未中之前，张静斋很可能"独占鳌头"，胡屠户的话可以作证："他家里的银子，说起来比皇帝还多些哩！他家就是我卖肉的主顾，一年就是无事，肉也要用四五千斤，银子何足为奇！"胡屠户的话自然一望即知是夸张，他如果一年能卖五千斤肉早就发家致富了，就不用来范进这儿揩油了。张静斋的银子不是经商所得，像所有地主一样主要靠地租，其土地及买地的银子或继承而来，或当官贪污。有了新举人来平分秋色，老举人的态度无非三种：一是井水不犯河水，自己过自己的日子，这是清静者的姿态，如果张静斋果然清静的话。二是排斥、打击、竞争，比个高低上下。这可能是不智的，因为新举人有发达的可能，老举人是万难的了，自树强敌乃取祸之道。三是主动去结盟，像张静斋对待范进那样，赠银子、送房子、助丧葬、供路费等。张静斋真是助人为乐的慷爽丈夫？从"和尚"一案可略窥底蕴：张家想盘算僧官的田，唆使佃户将和尚与何美之妻一同捆了。若范进还是先前卖鸡的范进，便是他的祖宗死了，也影响不到此事。世事多变，范进已成举人老爷，今非昔比，他还等着和尚给母亲做佛事，"忍耐不得，随即拿帖子向知县说了"。用当事人和尚的话说：张静斋"反害了自身，落后县里老爷要打他庄户，一般也慌了，觍着脸拿帖子去说"。像范举人救了和尚一样，张举人救了自己的庄户。范举人可能还不知就里，张举人却是洞若观火，心中明白得很。若不与范举人"合力撑起南海半壁天"，他很难从心所欲不碰壁。在权力与财产的不断的再分配的过程中，既得利益者自然有联手的必要。这场官司只是害得"和尚同众人倒在衙门口用了几十两银子"。衙门坐收渔利，诚该认陷讼事者为衣食父母的。看后文就明白了：蘧太守穷就在他不准官司。

与打秋风同气连理的是来奉承，张静斋就是这边奉承范进，那边去打汤知县的秋风。范进中举后改变生活面貌的主要渠道是有人来奉承："有送田产的，有送店房的，还有那些破落户，两口子来投身为仆图荫庇的。"为什么？因为范进中了举，即使不为宦，不握有权力，但有势力了。至少可以拿个帖子到知县处去说人情。地方官对当地乡绅是心存顾忌的，因为乡绅有参官告官的能力，这除了身份的关系，还因为一旦成了举人、进士就有了"老师"、同学的关系网。张静斋动员范进去高要县打秋风，颇有"拥师自重"之意。汤奉看见"世侄张师陆"的帖子，心里沉吟："张世兄屡次来打秋风，甚是可厌。但这回是同我新中的门生来见，不好回他。"读者就明白了张举人联合、支援范举人是颇有战略眼光的，而且显然不是毫不利己，专门利人的。

这不禁使人深思：为什么专门习学四书五经等道德哲学的达标者却以安富尊荣为追求目标？为什么单凭所学不能糊口、安身立命还必须加入权力系统？为什么越是达了标的举人胃口越大？张静斋已走完了封建专制时代读书人的全程：学而优则仕，当过一任知县，仕而不优则退，回到家乡当乡绅。退后依然要求安富尊荣，武断乡曲，用一种只有在礼教社会才永葆青春的"身份"来敲诈（捆和尚）、滋事（夹回子）、耍威风。这些都是违背圣经贤传的，用道德法选拔出来的人才为什么偏偏尽做些违反道德的事？"学什么"的问题已被"为什么学"这个问题给异化了：外在的功名富贵的追求已使所谓经学体系这种内倾型的伦理文化彻底变成了敲门砖；官方道德哲学对人的灵魂、内心世界已失去了正确的范导、雕塑功能。《儒林外史》中凡是成功了的学人——贡生、举人、进士有几个是德行上的佼佼者？

仔细看看张举人与严贡生这一对宝物陌路相逢、骤成知交的场面，便懂得了"秋风门"之"相与科"的"逢迎术"。对平民百姓一毛不拔的严贡生对二举人换了面孔：积极、主动、热情、周到，又是备饭又是陪谈，都围绕着一个不出场的轴心人物。严自称与"汤父母是极好的相与"，张与汤有"年谊"，范与汤是"师生"。张问严："敝世叔也还有些善政么？"谦虚中张扬着标榜，透露着本人与轴心人物不同凡响的关系。严凭空结撰一幕汤父母对他独加青目的小品剧。二举人回敬一套谀词："总因你先生为人有品望，所以敝世叔相敬。"（张）"我这老师看文章是法眼，既鉴赏令郎，一定是英才、可贺。"（范）他们彼此相信对方的话么？相信自己的话么？都是出于需要，需要这样说于是就这样说，谁说真话谁"不懂事"、不按规矩出牌。谁需要？自己面子需要，无论是直接吹的还是拐着弯吹的，都是在为自己的面子"工作"。奉承别人是为了得到同样的回馈。这是文人教养、社交风习：相与科的艺术轨范。

及至这两个举人（乙榜）见了甲榜（进士）出身的知县，出现了更令人哭笑不得的场面：张静斋这个极不通的人，原来还是个通家。范进学着高明，却不见高明，堂堂知县将张静斋的胡枝扯叶视为不容置疑的本朝确切典故——典故在这里不是个语词出处和语意问题，而是必须仿照办理的经典案例。张静斋口若悬河的讲演充满了知识性错误还不是问题的关键，问题的关键是这位正途出身当过知县的"老爷"所秉持的治理方略是那么真实、生动地揭示了封建吏治的一般原则：只让上台喜，因为黜陟之权在上台，对百姓严峻冷酷为显示本官的一丝不苟，意在指日升迁。不然的话，汤知县果真会考卓异、得能员奖的。当过知县的张举人的经验本是"正确"的，当然也是其政治流氓半世经历的结晶，古代中国胥吏统治的恶浊于此可见一斑。众回子给张举人的鉴定是贴切的："南海县的光棍张师陆。"治人者，多光棍也。张静斋想建奇策、立功勋，从而成为汤奉的长期顾问，可以理直气壮地来"秋风三四"。可惜机关算尽，险坏了性命，显示身份的上等华人的衣服此刻不如蓝布衣服、草帽和草鞋值钱了。在民众"揪出张静斋来打死"的怒潮中，他口若悬河、指点江山、顾盼自雄的威风不知哪里去了，因为他所有的在特权舞台上的人造布景都坍塌了。他应该明白他拥有的一切优势都不是天然的、永恒不变的，只是冰山而已。张静斋可从此改成一个本分、踏实的乡绅了？

严监生

　　像长篇里中品以下的人物都有一种病一样，严监生也得了一种病：自虐畏缩综合征。与其说吴敬梓主要写了严监生的悭吝，不如说吴敬梓主要写了严监生的卑微、可怜。吴敬梓让他出场，给出的"前提语"是"有钱而胆小"。严监生胆小又没有别的能力，就用钱做护身符，来消灾弭难、苟且偷安，替家兄了结官司，白赔了银两，担了心惊，反被严大责怪，褒贬他懦弱无能。如果说议立偏房时给二王银子还有收买利用色彩的话，那么临死前还敬奉老大白银二百两、新衣两套，则是严监生十分害怕严贡生了。严监生没有家族优势，没有足够的道德力量，自己没有功名，也没有权势撑腰，他的生活只有一种形式：压缩自己，满足别人。他永远服低作小，活得完全像个偏房小妾一样，还不如他的妾有心计，有反抗精神，能通过自己的抗争改变命运。吴敬梓用严监生悲惨的一生完成了对他那生狼般的家兄和蒿狼般的内兄的暴露。他们吞食严监生的那些钱，正是他用那种将两根灯芯换成一根的俭省方式积累起来的。他的一生是被宗法制度榨扁了的一生。他临死托孤于内兄的沉痛遗言揭示了他一生悲苦的部分成因："我死后，二位老舅照顾

你外甥长大，教他读读书，挣着进个学，免得像我一生，终日受大房里的气。"(《儒林外史》第五回）

严监生的畏缩病已病入骨髓，至死不悟。他糊涂地认为，只要能进个学，有了功名就可以抬起头来了。这当然是他对自己人生经验的总结，也有充足的事实根据，八股取士制度对于平民子弟来说，的确是"民主"的机会和均等的晋升荣身之路。《聊斋志异·镜听》里二男终于给二妇挣得了"侬也凉凉去"的尊严和权益。然而，严监生的总结只是爬行的经验主义的总结。在他漫长的受气岁月里，他可曾想过武松不也是老二吗？严监生当然不知道，他死后南京出了沈琼枝，一辈子也不可能进学，而且不是个象征意义上的偏房而是个事实上的小妾，却活得威风凛凛、义不受辱！

苦了自己，便宜了他人，是他的总账。他与葛朗台等悭吝人不同。他将典铺的例钱白银三百两，每年全数交给妻子，对其去向不闻不问。而葛朗台看见妻子给他侄儿做一顿加牛油的面包就大喊："你们是不是要让我破产？"严监生还是很有人的正常感情的，对正妻王氏一往情深，延请名医，煎服人参，对妻子的事情毫不含糊。尤为动人的是对王氏的深情悼念："而今他往那里去了！伏着灵床子又哭了一场。"诚如卧评所云："此亦柴米夫妻同甘共苦之真情。"这决不是"做戏"，流着策略性或装饰性的眼泪。这还有一个铁的佐证，就是他从此一病不起。这里没有丝毫的铜臭气。至于猫儿踹出来五百两白银，则更写足了他的不吝啬，以及这不吝啬背后的对妻子的平等和信赖，他妻子倒是善于聚财的。如果他一味地视钱如命，或者说，如果吴敬梓真是一心揭露他的把铜钱看成磨盘的贪婪癖，便该是另一种写法：妻死破财办丧事，因此而心口疼了，见了桑皮纸包着的五百两白花花的银子，会大喜冲走了病情，并给了他重新生活的勇气、力量和信心。我们有理由说，在财与人情之间，他毫无疑问是重人情的。

严监生总体上是个笨拙的被人捉弄的人物，活得卑微却不乏人情与慷慨。后者正可平衡那颗卑微渺小的灵魂。严监生在《儒林外史》中活了一场，只做了三件事。其一是代恶兄严贡生消弭官司，破费银两；其二扶妾为正，深情悼念亡妻；其三是最后伸出了两个指头。过去许多论者都抓住了"两个指头"，于是他成了吝啬人的典型。其实，这个举动就是注重节约和环保的意思。

就像我们不能责怪乞丐没有黄金一样，我们也不能责备严监生为什么不换个活法。那是一个被压扁了的畸形的灵魂，只会苛酷地对待自己，只会忍辱负重。他不知道世上还有一种叫反抗的精神，更不知道自己做自己的主人的道理。他的吝啬只给自己使用，瘦成了猴，也舍不得买人参。他已卑微到这种程度：即使对别人过分慷慨时，也显得可怜巴巴，至于那根灯芯，从表面看来，当然是悭吝至极之举，但与其说是在暴露他的悭吝，不如说是揭示了他在长期卑微生活中扭曲而成的"渺小"。这"渺小"是通过他的自虐得以完成的。虽然严监生肯于"利他"，但无论在上天眼里还是在俗人眼里，他一点也不高尚。严监生与杜少卿好有一比：同样的大捧银子送人，但杜少卿是豪爽，是遇贫即施，表现出的是"杜厦白裘"般的人道主义情怀；而严监生却是畏葸、巴结、求乞。他的渺小的举止让人感到可笑，那卑微的灵魂又令人悲伤、可怜。这大概是正直的人对这个形象公正的审美感受。这种感受的成立证明了作品悲喜剧因素交融的成功，即令今天也不得不叹服作者在塑造人物上的深邃用心和婉转多姿的一笔写出几层意蕴的笔力。

　　《儒林外史》忠实于生活的原生状态，写出了所有的人那自觉不自觉的"生活原则"。这个原则是他们生存的目的、生存方式的基础。严贡生把行恶当成一种欲求和企望，一分钟都不能休息地去欺诈别人，这是他的原则。严监生的原则正好倒过来：受虐才舒服。他悭吝的目的是利己，效果却是利他，他也情愿大捧地把银子给他的家兄和内兄。卧闲草堂本对这哥儿俩的评语值得参考："大老官骗了一世的人，说了一生的谎，颇可消遣，未见他有一日之艰难困苦；二老官空拥十数万家赀，时时忧贫，日日怕事，并不见他受用一天。此造化之微权，不知作者从何窥破，乃能漏泄天机也。"这是吴敬梓塑造这个人物的原始动机。吴敬梓看多了类似这种被造化捉弄了的人，心存窃笑，来个"泄漏天机"，就是鲁迅说的"透底"，以警示所有看不透的人。严监生不明白、看不透、掏钱买平安，花冤枉钱瞎运作事情，是有点钱又没有势力、既不精明更不强干那种人的常态，是中等人家的常态。没钱就踏实了，就不花冤枉钱承受事与愿违的捉弄了；有能力也就能明辨好赖人、看透事可为不可为、当干不当干了。算得精因没看透而糊涂窝囊了，也是另外的一种"吊诡"罢。严监生并不是以他的吝啬，而是以他的渺小与畏葸，成为让我们心悸的"共名"。

王德和王仁

王德、王仁就是不道德、不仁义的哥儿俩, 这对宝贝是满口纲常名教、满肚子贪利计算的假道学。

真假问题大矣哉。西方人说他们的真理可以有许多个。如果逻辑上真可以有多个, 就减少了假的概率。中国古人有的说孔孟圣贤之道德涯岸太高, 于是逼出了许多假道学。八股举业一个核心的规定是"代圣贤立言", 其中一个重要的判断标准是看"口气", 复查评卷是否正确的一个重要环节是"磨勘口气", 就是看看对圣贤义理的掌握是否落实到了感性深处、落实到了感觉上来。因为词句上可以搬弄现成话, 但是口气不对、不当就证明你没有将圣贤理论融化在血液中。这是一个相当高明的内行的设计, 可惜这个良法总是被不才给废了。且看二王议论严贡生的妙论:"王仁笑着道:'大哥, 我倒不解, 他家大老那宗笔下, 怎得会补起廪来的?'王德道:'这是三十年前的话。那时宗师都是御史出来的, 本是个吏员出身, 知道甚么文章!'"严致中这个贡生的成因及"社会效果"被二王说得极为明白:宗师是吏员出身, 不懂文章造成了滥选。人们当然要问就是周进、范进这样正途出身的考官就能选拔真才么? 想想王德、王仁与迟衡山、杜少卿都是秀才，我们便知道八股选士是多么的多元化、多样化了。

圣贤及其经传是最反对心口不一、不诚不信的。对人应该忠恕——克己、尽己，更重要的是独处时要"慎独"，要培养"未发之中"。所谓八股举业，是突出了"四书文"在整个录取过程中的重要性。明清科举考试的内容相当繁杂，但是首重四书文这个头场的成绩，如果此卷被黜，后面的考试就都没用了，因为道德选拔自然是重中之重。通过文章判断考生的道德是自古以来的一项传统，这项传统到后来愈演愈烈，直到一篇八股定终身。同情地说八股是训练学生的道德文章的，不是来败坏之的。但是许多有识之士，譬如顾炎武就力诋八股考试"坏心术"，也有人把明代的灭亡归咎于八股的。这自然有些夸大其词了，搞八股科举制以前社会上心术坏者比比也。自要求独尊儒术的汉代以降，中央皇权是每一分钟都要求用圣贤精神哺育教化下愚的，而奸诈欺伪行为何曾灭绝过？

显然，账不能都记在圣贤名教、八股制上。但自从实行了八股举业后，士子们几乎是整体性地沦落了。吴敬梓认为，这是因为仅此一条荣身之路，士子便不再讲求文行出处了。颜元认为："八股行而天下无学术，无学术则无政事，无政事则无治功，无治功则无升平矣！"（《言行录》）"盖学术者，人才之本也；人才者，政事之本也；政事者，民命之本也。"（《习斋记余》卷一）这是从制度上认定八股取士从教育、人事制度从根本上败坏了国基。《聊斋志异》中有大量篇章痛诋考官不能衡文，"黜佳士而进凡庸"。《儒林外史》对八股制的批判大大深化了，从文行出处等角度进行了全方位的检讨清算。王德、王仁不但是秀才，而且是优秀的，做得极兴的官。他俩还半蔑视半不服气严老大居然也是贡生！长篇当中讨论八股的话让他们说得比周进、范进多。

严监生死后，二王与严贡生聚在一起，三人无须节哀，很有兴致地吃喝讨论着："王德道：'今岁汤父母不曾入帘？'王仁道：'大哥，你不知道么？因汤父母前次入帘，都取中了些陈猫古老鼠的文章，不入时目，所以这次不曾来聘。今科十几位帘官，都是少年进士，专取有才气的文章。'严贡生道：'这倒不然。才气也须有法则，假若不照应题位，乱写些热闹话，难道也算有才气不成？就如我这周老师，极是法眼，取在一等前列都是有法则的老手，今科少不得还在这几个人内中。'严贡生说此话，因他弟兄两个在周宗师手里考的是二等。两人听这话心里明白，不讲考校的事了。"一切都是这么"合理得荒谬、荒谬得合理"。朝廷委任考官也不是那么随意的，有个"合理"的标准，如果取中的文章不入时目，则很难再入帘。但入帘者皆公正么？显然不是，少年进士偏爱有才气的，老成的宗师垂青有法则的。二王被周宗师取了个二等便自认为属于有才气的，希望少年进士来主选政，严贡生是无才气的，便主张严格按照应题位的程度来判分。这些读书人的高论是完全从自己的得失好恶出发的，他们的真理显然也不是一个，不得不有好几个。人存政举，人亡政息，一朝天子一朝臣，一位考官一片考生的命！

儒学大师们都讲求"治心"，皇家也用各种取士法来表率多士，但法立而弊生，用专门以"代圣贤立言"为宗旨的八股来取代原先的策论、辞赋，其主要目的是强行推广儒家伦理教化。用朱注"四书"作为标准答案，使为天下养气的读书人都记诵、研习之，从而使更多的人成为圣教的虔诚的信奉者、模范宣传员。从设计动机看，当是无懈可击的，但实际效果却大相反：批量性地生产着"二进""二王"这样的人，"二进"是少才的标本，"二王"则是缺德的典范。

一个社会的文明程度越低、社会组织程度越低，便越是用道德来维系、来管理，用道德代法律、代技术是农业文明模式的根本特征，它的结果不但无法积极、主动地开发生产力、调整生产关系，而且过剩的道德教化只能逼出假道学来。个中原因一言难言，具体情形也千差万别，从理论上讲：太规范化便成规范异化，把儒学精义形式化到八股程度，其机械化程度之高是僵化一词无法穷尽的，事实上否弃了儒学真精神，使哲人智士成为学究之化身，要言妙道唯余字典之剩义。从实际效果上说，儒家理论本是"诚者自成也，而道自道也"（《中庸》）的内省功夫，本身就无法克服"君子之中庸也。君子而时中；小人之中庸也，小人而无忌惮也"这种两歧性。简化、刻板化成八股，貌似能使这种内省过程变得具有操作性，事实上反而给奸邪之人开了钻空子的法门。造就出低于章句小儒的八股腐儒这已不用说了，更有甚者是造就出对圣贤理论自觉不自觉地阳奉阴违这一不可救药的"文化心态"——有的确实是一丝不苟地恪守着礼教，而事实上却是在败坏着圣学，这是不自觉地阳奉阴违；有的就是拉圣贤虎皮行欺诈之实。

试看王德、王仁"全在纲常上做功夫"的重要节目：这便是其妹未死即扶赵氏为填房。家国一体的宗法社会使家中正室成为"神器"，严嫡庶之大防的确是纲常名教的重头戏，但正室未死即扶侧室为正，这不符合名教原则是显而易见的，但"礼有经，亦有权"，两名秀才在、经权之间大有用武之地，他们那淋漓尽致的表演成为这个节目的关键：先是"把脸本丧着，不则一声。"这是要价，看看能否赚钱。及至严监生拿出现银，又许下给两位舅奶奶的"遗念"，场面迅速逆转，"二位舅爷哭得眼红红的"，然后是一连串慷慨激昂的全方位的论证：第一，埋怨妹夫还犹豫，枉为男子，用文情并茂的"批评"回报了那份厚赠。第二，用延续族姓大义来证明他们"立议"之合理，声明这样做"先父母"才得安慰，找到了最有价值的攀义上的依据，这种道德感支撑颇有感染力。第三，抬出理论原则，王仁还像煞有介事地拍着桌子说："我们念书的人全在纲常上做功夫，就是做文章，代孔子说话，也不过是这个理。"归结到天不变道亦不变的至高理法处，便完成了论证。但图穷匕见，亮出操纵这场演出的真正主人，回应前文的"妹丈，你再出几两银子，明日只做我两人出的，备十几席"，经过仪式化，"谁人再敢放屁！"严致和又拿出五十两银子，"二位义形于色去了"。他俩算是名利双收，既代孔子完成了一段名教功业，又得纹银二百五十两，胜过多少年的馆金？他们的妹妹真是女中丈夫，给王门造福不浅。道心不敌俗心，诚礼教悲凉处，而他们不去演戏，是他们的不幸却是戏子们的大幸。他们那因时制宜，驾驭人、事的艺术还没有表演完。

赵姨娘成为主妇，于是二王成了拥立新君的开国巨宰，新君自然忘不了二位舅爷的拥立殊勋，百般报答；给二王送科考的"盘程"，平日孝敬更是自不待言的。也许这是赵姨娘深谋远虑，深知夫君身体不济，要在二王身上投资，以期关键时刻成为干城。果然考验来得既快且猛，严监生父子先后身亡，"赵新君"面对生狼一般的大伯，正是她养兵千日后用兵之时，也是二王做纲常文章的高潮处：即使在儒学教义中立嗣的重要性也远远超过侧室扶正。可是，因时制宜的二王，此刻追求新的"时中"了：严贡生功名上压他们一筹，性情凶猛更胜他们许多，赵氏值危难之秋又捧不出大封的银子来了。所以，他们代孔子做的文章又是另一种章法了。"一推"："宗嗣大事，我们外姓如何做得主？"及至他们引狼入室，严大回来有了明显的侵权安排后，他们又来了个"二拖"："你且不要慌，随他说着，自然有个商议。"二王便赴"文会"去了。"三缩"：家族会议上，"坐着就像泥塑木雕的一般，总不置个可否"。倒是书生气派，及至写复呈时，说"身在黉宫，片纸不入公门"，不肯列名。这是自明洪武的《卧碑》立下的规矩，清代又重申之。明伦堂之左的《卧碑》中有一条："生员不许干预他人词讼，他人亦不许牵连生员做证。"二王这样的"巧人"所作所为总是能够合乎圣贤理论、朝廷功令的。

这个王仁（字于依）尤其卑劣，如果说王德还稍存点厚道的话，王仁则是纯粹的刻薄小人。二人满口仁义道德，满肚子自利贪鄙则真是亲兄弟。还是卧评说得好："赵氏自以为得托于二王，平生之泰山也，孰知一到认真时，毫末靠不得。天下惟此等人最多，而此等人又自以为奸巧得计。故余之恶王于依更甚于恶严老大。"（《儒林外史》第六回回评）其误人之处在于他给人仁德正义的假象，到了关键时刻却见风使舵，毫无信义脊骨。不但有背圣教，还不及明朗的恶人表里如一。

二王演第一个节目"扶正"时用夸饰法，演第二个节目"立嗣"时用巧默，不讲是非。一味地避害趋利，则一以贯之。他俩都做着极兴头的馆，他们尽教下一代些什么呢？

王惠

    细读《儒林外史》能够品味出，整部长篇是一个满天星斗的"宇宙"，每一个放光的星体既能按照自己的性子自己转自己的，也与别的星体构成磁场，有的还撞击反射，串联起下一个人与事的涡流。如果不算王冕，王惠是紧接周进出场的第二位大人物，他的戏份不轻，直到最后孝子寻亲他作为已经"礼""了""空王"的高僧，向读者完成了"最后的苍凉的姿势"。这是一个神神道道的人物。他出场时与周进大谈灵异现象，中举文章两大股是神灵附体所得，还梦见与荀玫一起中进士，而荀玫才刚刚是周进开蒙的学生，后来果然与荀玫一起中了，陈礼给他俩扶乩，一一应验，并串起蓬公孙一案。吴敬梓对神道道的东西是"半啃半不啃"的，王冕仰观天文说一代文人有厄是庄重的正笔，写王惠降宁王应验了谶语则有点半啃半不啃的怪谈味道了。吴敬梓惜墨如金，用了半回的篇幅写陈礼扶乩的过程，不是"捣虚空"，而是现实主义的如实描写。陈礼不但是读书人，而且是读书人中的有技术含量的专业人员，是周进、范进这类型的从事不了的。大量读书人高发不了，除了像二王那样坐馆，就是看病、算命。荀玫报答老师，把这个高士给范进推荐了过去。

王举人在乡村民办教师周进面前盲人坐上座目中无人极了，那排场、那做派是天大地大我大。这当然是应该的，谁叫举人是发过的，而周进还是一个白丁呢。等级制孕育了举人的傲慢，王举人也并不比梅生员更拿身份做架势，王举人还知道周进考过一个案首，比梅生员爱"学习"。王举人一会儿主张贡院里的鬼神是有的，神灵使他写出了令周进佩服的后面两大股文章，还预定他有鼎元之份；一会儿又主张"功名大事，总以文章为主"，梦见他与一个七岁的孩子共上进士榜是不可信的。夏志清说王举人扬长而去，周进扫了一早晨鸡骨头是现实主义的天才的一笔，不知道王举人果然和七岁荀玫同榜登第是什么主义的一笔？也应该是现实主义的一笔：功名富贵无凭据。梦兆应验好像是迷信，但吴敬梓真信。若作巧辩，算是用这种方式串起后面的故事吧。

王惠再次出现，就是已经"须发皓白"叫当年那个让周进批仿的荀玫"年长兄"了。王惠很康爽，并不抱怨自己居然与一个娃娃同登天榜，立即帮助荀玫，给他房子住。王惠很有经济头脑，早就在经着商"有碗现成饭"，殿试下来，小荀玫二甲，这位老举人弄了个三甲。昔年那个梦让周进安身不牢更是现实主义的天才一笔，那个梦成了王惠帮助荀玫的心理动力只能算是吴敬梓心理嗜好的投射（吴敬梓的家产施舍情况在杜少卿身上展示得更多）：慨然拿出两千两银子帮助荀玫办理丧事，又不要回报，而且冒着耽误前程的危险请假与荀玫携归。王惠该是助人为乐的典范。然而，人做一件好事并不难，难的是一辈子不做坏事，而此公后来却又偏偏没做过一件好事，是个打得合城百姓无一不怕的标准酷吏，将蓬太守文雅的"三声"换成了敲剥的"三声"的合格贪官。

王惠身上构成讽刺的东西存在于跟当时社会体制之间的关系中：本是个贪酷的率兽食人的赃官，却被推为"江西第一能员"！又恰恰是这第一能员成了叛降的先锋！礼教哺育出来的"学生"气节何在？这是封建官僚队伍中的普遍事实，然而它滑稽。吴敬梓毕竟是大师，他不动声色地从生活中将"王惠现象"如实提取出来，便显示出了那个制度自身不可调解的矛盾和乖谬。

力量在于有系统。《儒林外史》中此起彼伏的人物，能表演三两回合就"永垂不朽"，其间一个根本的奥秘就在于作者将那些走马灯式的、流转不停的人物的个性特质与当时的客观的一般问题之间的多重关系成功地揭示出来：王惠是那个教育制度的成果，他的个性品格揭示了那个制度的事实上的文化品格，尽管有悖于圣贤的精美约言，因为那套精美约言本身就只是个"理想"，是一种号召，身体力行者少，熏陶教化出王惠这样的人多，做唯物的解释，他只是当时社会的一个产品，也就是说，"小人儒"的文化空气调教出了他那样的"能员"。如《聊斋志异·郭女》所云："此等明决，皆甲榜所为，他途不能也。"当然，责任不能全由环境负责。《儒林外史》不可企及之处就在于它既不用制度开脱劣士，也不用个别劣士的缺德为制度辩护，双方都有不可推卸的责任。这是作者思想深度的胜利，也是作者冷静观察、客观写实的胜利。总之，作者成功地进行了"文化与个人"的解剖。

王惠既有对荀玫行侠仗义的一面，更有贪财贪生的另一面。他念得熟、悟得透，也用得活的是那些权变之经。当骗得功名在手时，便将圣训弃之如敝屣，这在他劝荀玫匿丧以候选时暴露无遗了。这是他后日降宁王的伏笔：这号人随机应变全无道德观念，不屑操守信义，是不会干那种武死战、文死谏的傻事的。

他使用的思想、观念或曰"原则"都来自实践，他依靠简陋的常识运转自身那部机器。"三年清知府，十万雪花银"这条谚语成了他的施政大纲（尽管前任太守的文雅清廉已回驳了这句训言），他理所当然只是取我所需，"别人的见教"只能合则留、不合则去了。他以"能员"的魄力、大胆的措施，丰富了这句本是诅咒他这号人的谚语的注解。他像严贡生一样坦率，因为他们的灵魂同样的粗糙。他们固然很"真"，但真的恶。他从容不迫、直截了当地问道："地方人情，可还有甚么出产？词讼里可也略有些甚么通融？"在宦囊清苦、吟啸自若的蘧太守的少君蘧公子听来那"都是鄙陋不过的话"。王惠竟愚蠢到不知蘧公子的"将来老先生一番振作，只怕要换三样声音"是调侃，反将讥诮理解成开导，不但"正容答道：'而今你我替朝廷办事，只怕也不得不如此认真。'"还"果然听了蘧公子的话，钉了一把头号的库戥"，用上了"头号板子"。"头号"二字是一把钥匙：这是王惠的发明，蘧公子并没有"教"他这个，而且招牌照例是富丽堂皇的"替朝廷办事"！而且这也证明了王惠之所曲解蘧公子的话意，是由于他内心需要接受"新三声主义"，他真是"贪"得忘意、"得意忘言"的大师。他需要这样"舍筏登岸"就如斯"登岸舍筏"，深得传统思维之奥妙。如此运思方能"前为后用"。

王惠的狡诈已经有了相当的功夫，当他不需要愚蠢的时候是一点也不愚蠢的。与前任来回拜访，说些"久慕"之类的话完全可以，"但为这交盘的事，彼此参差着，王太守不肯就接"。只等到"蘧太守果然送了一项银子"，王惠才"替他出了结"，这是一点也不能含糊的。这里面有没有敲诈，外人难以得知，但王惠肯定不会吃亏，赚头也肯定不会太小。最后他夹着皮箱逃窜时，依凭老练的狡诈轻易骗得了蘧公孙二百两银子。"利益"是王惠这部机器的轴心，他的全部智能无保留地围绕着这个"轴心"旋转。与他有利的一概"拿来"，不管是谗言还是讥语，与他无利的一概都去，不管是圣贤之言还是为臣之道。

这个形象回答了卑劣士子"出"将是副什么面孔的问题。写他的贪酷客观上写出了一般吏治情况，写出了官府的黑暗，但吴敬梓的用意更在说明贪官佞臣出现的甬道正是那科举制度，写那条"荣身之路"不但无法"养德"，反而像"配种站"一样制造着"王惠现象"，人们一目了然地知道了甲榜正科出身的人包括怎样的"利益动物"。他最后出家当了和尚，是让读者意外的。古代中国的空门容纳着退出宫廷的皇帝、文官、武将，江湖上的、情场中的失意人，更是士人逃避现实也好超越现实也罢的一条现成的道路。王惠入空门的心路历程我们不得见，只见他很彻底很坚决，就是不肯与万里寻父的郭孝子相认，还是很有个性地做得出来的。"人生南北多歧路"，这个王惠从山东到京城，又到江西当知府，然后逃避追捕一路流窜，最后落脚于四川的竹山庵，——应验了陈礼给他扶乩所得的《西江月》判词。

鲁编修和鲁小姐

　　鲁编修、鲁小姐父女二人是主流社会、主流价值观的体现者。编修这个官权势不大品位不低，是学术官，所以鲁编修应该学问好，至少注重教育，不然他的女儿不会那么学习好，父女俩谈起八股来，就跟马二与匡二一样兴致勃勃。父女俩都是正派人，而且太正派了，所以身份意识极端强烈。鲁编修不出席娄三、娄四的莺脰湖大会，不是看不起他哥儿俩而是因为其他被邀与会者都没有身份，鲁小姐的婚姻不幸就因为蘧公孙不是进士而且也难成进士，她要凤冠霞帔就督责儿子刻苦攻读。这父女俩的主要特色是正派得乏味。当然，当吴敬梓写出这父女俩的"乏"时，他们也就有了味。已有的地位使他们无须去撒谎吹牛、冒险投机，在《儒林外史》刻画伪妄的画卷中，这样的正经人似乎没有多少"戏"。然而，吴敬梓还是以发隐烛幽的犀利的解剖刀，向我们剖析了这两幅榜样人物的精神示意图。

　　娄家公子说鲁编修"究竟也是个俗气不过的人"，因为娄家公子是以官方主流价值的叛逆者自居的。娄家公子努力用夸张的风雅的庸俗代替平凡的庸俗，是从正统轨道中假装偏离出来的正统人。而鲁编修呢，正在他们要逃离的范围，是那个圈子中的"个中人"。虽然娄家公子不是什么高明人，但这句话还是中的之语。作者借环境描写，很有耐心地显示出这个翰林的心态。鲁编修坐着大船，过着人上人的日子还感叹自己是"穷翰林"，他虽然是翰林，却依然不知道娄家公子拿的杨执中抄录的诗句是古人的，只是知道杨执中如果有学问就该"中了去"。他见娄家书房里"花瓶罐儿，位置得宜，不觉怡悦"。这种感觉忠实地具体而微地揭示了这位老学究、老学官酷爱秩序、按部就班、一丝不苟的心理习惯。他口口声声地鼓吹"实学"要紧，却与二娄一样不学无知。实质上，他只不过是个顺利成长起来的范进罢了。他可能知道苏轼是何许人，但那主张与范进又出梅玖的判词如出一辙。他被娄家从板缝里喷出来的香气弄得"飘飘有凌云之思"。其飘飘然之态一定相当明显，也许是一种展露"雅量"的夸张之举，弄得娄三有了吹嘘的话题："香必要如此烧，方不觉得有烟气。"鲁编修又"赞叹一回"。两种不同货色的俗胎，自然难有什么鸿儒之谈、轩爽之论。他们能说到一起的无非是些"京师里各衙门的细话""故乡的年岁"，都是"天气哈哈"之类的。言为心声，吴敬梓就是让读者从他们的对话中听出他们的心思现量来。吴敬梓有时还在人物的对话中完成讽刺性的评论。鲁说二娄是信陵君、春申君，是一石二鸟，好夸张的人终于赢得了夸张的评价。这是"假人言假事，无所不假"。可怜鲁编修都退休了，还不明白自己的一生是如何虚度的，到世界上走了一趟，生命力都掷在有名无实的举业、无有作为的闲馆里，没有悲凉之感，却为没捞到肥差而叹息。鲁编修把能否"中了去"当成英雄与狗熊的分水岭，把科场的考试标准当成人生的价值标准。有其父必有其女，如果说鲁编修是成功了的马二，则鲁小姐是女马二了。

鲁小姐是《儒林外史》中真正刻苦攻读的学人、"八股宿儒"，尽管是年方十六岁的小姐，但将四书五经了然于胸，高头讲章，更是滚瓜烂熟，历科程墨，各省宗师考卷，肚里记得三千余篇，自己做出来的文章，又"理真法老，花团锦簇"。她的出现毫无疑问比出了那老而不第的八股迷的愚不可及。闲斋老人说："书中言举业者多矣，如匡超人、马纯上之操选事，卫体善、隋岑庵之正文风，以及高翰林之讲元魁秘诀；人人自以为握灵蛇之珠也，而不知举业真当行，只有一鲁小姐。"可惜，这是个结不出果实的花朵，因为男权社会不开女科。这诚是英雄失志之莫大悲哀，然而她依然无怨无悔，爱我所爱，且能持久恒长地乐此不疲，孜孜不倦。她像个心诚志坚的信教者，对八股文有着宗教般的迷狂，或像个痴情的苦恋者，她的灵魂早已嫁给了"八股举业"，她的身体许配给谁，是不由她做主的。她期待着灵与肉的重合，期待着"少年进士"走入她的生活。期待得太久了不但未使这份期待黯淡，反而变得异常尖锐。当迎来的只是个"不会中进士的少年名士"时，巨大的反差把她推向了痛苦的深渊："谁想如此光景，岂不误我终身！"谁误了谁，也不过是一场人生价值的形而上学讨论，前提不同，实难合拢，她说丈夫"不成器"，丈夫"反说小姐俗气"。蘧公孙这句话说得既准确又深刻，这个腹内草莽的人能说出这种见血的话来极为难得，就像娄公子评价鲁编修一样。闲斋老人说："娴于吟咏之才女古有之，精于举业之才女古未之有也。夫以一女子而精于举业，则此女子之俗可知。"清代能够诞生这样的八股才女，说明了当时八股事业的兴旺发达，"八股文化"的深入人心，无缝不入，连没有社会责任的女性的心灵也污染了。她这俗气当然是社会属性，但来自遗传者不少，具体地说来自她父亲鲁编修。鲁编修不但给了她“基因”，也是她的“典型环境”。吴敬梓同时写这对父女，起了相互发明的作用。“盖作者欲极力以写编修之俗，却不肯用一正笔，处处用反笔、侧笔、以形击之。写小姐之俗者乃所以写编修之俗也。”（《儒林外史》卧评）

这种不和谐的家庭格局，早在洞房花烛夜就预兆性地搬演过一次了。此时才知惜墨如金的吴敬梓，铺张蘧鲁结姻场景的笔墨，绝不是闲笔，却是一个暗示性的预言。鲁小姐的尴尬生活就这样开始了。对鲁小姐容颜的描写，也故意用了落套的形容，这照例的老套，就取得了幽默的效果：鲁小姐的气质没有特色，公孙腹中没有词儿，一对空洞的徒有其表的“人样子”。

《儒林外史》中一些可笑的人物，多是秉有“热情原则”，不安本分，遂成伪妄，于是遭际了讽刺的狙击。鲁小姐却两方面受敌：八股才女是一种虚妄，而那太安于正统规范的方面也同样使她失去了动人的情愫。像鲁编修是“正品”儒生的楷模一样，鲁小姐也是封建妇德的典范，深明大义，“上侍孀姑，下理家政，井井有条，亲戚无不称羡”。虽在以夫为纲这点上小有问题，但目的是好的，客观上也终是“相夫有道”：在公孙从诗文向八股的转变中做出了不可替代的贡献。尤为一绝的是教子有方，将满腹举业学问献身于小状元的培养事业，有时“要督责他念到天亮”。不但“封诰是稳的”，钦赐个什么“风范可嘉”的匾额也是稳的。她的“热情原则”用于本分之内，成绩斐然。她是有才又有德，两全其美了。然而，吴敬梓要知道“机器人”这个概念的话，会慨然给鲁小姐戴上这顶“帽子"的。事实上已经给了她这项桂冠：封建道德教化的机器、八股机器。吴敬梓同时写出了这架机器或曰这副性格"是从他们时代的五脏六腑孕育出来的"（巴尔扎克《人间喜剧·前言》）。

鲁氏父女不让人怜悯或憎恶，是因为他们被八股掏得只剩下了空空的"躯壳"。这"衣带渐宽终不悔"的两代人的追求，使我们看到了八股举业"默杀"的伟大：它是如何将健全、正常的人改装成空洞的机器的。这父女俩是自愿接受改造的，而且是前赴后继，真是感天动地的"进取"精神，然而不能说他们将生命和精力消耗在无谓的沙漠中了，因为他们走的是官道，在官本位的封建时期，学而优则仕永远都是最有出息的，没有市场这个平台，走通官场是唯一的成功标志。鲁编修只遗憾自己没有得到肥差，鲁小姐只遗憾丈夫不会做八股，八股还是伟大的，是唯一的荣身之路、法定的金光大道。这父女俩的结局可谓悲喜参半，鲁编修终于"开坊"得了实职升了侍读——名义是和皇帝一起读书，其实是皇帝的文化顾问，如果真有才能或者能够迎合皇帝的心思可以再升大学士的，鲁编修坚守儒师的正派操行，譬如不参加娄三、娄四的莺脰湖大会，终于修成正果。这不是造化弄人，而是吴敬梓开他的玩笑，让鲁编修像范进的母亲一样，喜极而"痰"，一痰致命。鲁小姐终于把丈夫拉回到八股正途、当然也是八股征途上来，不但和他一起"课子"，还成了能够出版高头讲章的选家。而且，鲁小姐的儿子肯定会为她找补回缺憾的——虽然吴敬梓没有写，但是社会历史这部大书接着写了。

蘧公孙

　　《儒林外史》中最不贪恋官位的官是蘧太守，他认为当官是作孽的事，认为自己的儿子早殇是自己当官的报应。他急流勇退了，接替他的王惠后来率领南赣全体官员投降了宁王，成了重要逃犯。宦海风波凶险的观念是这个家庭的"传统"，吴敬梓让蘧景玉做过范进的幕僚纯粹是为了把《儒林外史》这盘散珠尽可能地串成线，蘧景玉的出场一是显示了范进不知道苏轼是位文豪，二是告白了蘧太守儒吏的"三声"将换成王太守酷吏的"三声"。蘧公孙没有发表过对于官场的意见，选择了不走读书做官那条路也不是他有多高的觉悟，就是被爷爷娇惯得刻不了苦而已。蘧公孙是个无所事事的样子货，也是典型的吃祖荫老本的公子哥，那个差人叫他蘧小相，当时是惯例俗称，现在看来格外别致贴切。他主动做了一件事，就是刻印了高青丘诗话，给自己封了个"补辑"，占了封面的地位，成了"少年名士"；还想让马二学生再挂上封面，被马二先生大义婉拒。他想学名士做派，又不需要拿名士派头去招摇撞骗混饭吃，便一切都是个无可无不可的架势，有点真公子哥的从容。幸又不幸的是终于被鲁小姐收编，加入课子攻读八股的队伍中，最后成了八股作文选讲的著作家——按照《儒林外史》中人的自封著名的习惯当然是著名选家，根据前文的铺垫可以合理推测，他署名的高头讲章的实际作者应该是鲁小姐。这位善良古雅、毫无能力的蘧小相最后终于与马二同选了文章，与各路高人一起大祭了泰伯祠。

科举取士对于周进、范进来说是下三辈子大翻身的事，对既得利益者如娄三、娄四这样的大公子们是能不能光大延续家族官威的问题，他们没中了倒说明了科举考试的公正性，如果可以走人情凭关系，他俩就该高高地中了去。鲁编修是由科场发达起来的，所以言必八股，眼中仅此一条金光大道。二娄将其表侄介绍给鲁编修，鲁编修既觉得门当户对，又相中了蘧公孙的外貌，于是蘧公孙成了鲁编修的快婿，这位"少年名士"进入了"八股世家"，便串演了一场发生在上流社会中的八股迷与假名士的拉锯战。鲁编修判断失误的原因是经验外推，把自己的经验当成了当然之理。他没想到还有别样的官宦人家，形成了错位喜剧。

蘧公孙的父亲蘧景玉是位襟怀高旷、高雅不俗的公子，主张"人生贤不肖，倒也不在科名"。这也许是蘧景玉帮助范进范学道判科举试卷的一个总结。在《儒林外史》中，这种声音太稀罕太金贵了，诚如天二评语所云："自第二回入正传以来，首闻此语，如听天乐。"蘧公孙如不入赘鲁编修家，也许他的一生从容、优游，是比娄三、娄四规模小一号的名士派的。因为，蘧公孙在政治、经济上是贵族级别的，没有这两方面的压力。他父亲蘧景玉矜持地对王惠说，原有几亩薄产，先人敝庐可蔽风雨；就是药栏、花树，都也还有几处，可以消遣。比起杨执中、景兰江来，蘧公孙当名士不会受到经济因素的调侃和嘲弄。按照马斯洛的人类需求五层次理论来评析蓬公孙的优势需要，显然唯有自我实现的需要是力量和强度最大的那种需要。他的生理需要、安全需要、归属需要、自尊需要等都没有什么挫折性经历，他年方十七岁，又认定名士为归属，这便规定了他自我实现需要的方向。马斯洛说："一位音乐家必须作曲，一位画家必须绘画，一位诗人必须写诗，否则他就无法安静，人们都需要尽其所能，这一需要就称为'自我实现的需要'。"荣誉感对于有意识能力的人类来说是一种恒久的"优势需要"。蓬公孙自我实现的需要是既要舒服，还要出名，他的"套数"是挂靠，没有像别人那样掏钱买名、自我吹嘘标榜，更没有像牛浦郎那样鸠占鹊巢，冒名顶替，成为牛布衣、牛诗人。蓬小相好心好报、周济了逃亡的王惠得到了一个海内孤本，便"白捡"了个"少年名士"，将《高青丘集诗话》谱写成帙，"竟去刻了起来，把高季迪名字写在上面，下面写'嘉兴蓬来旬跌夫氏补辑'。刻毕，刷印了几百部，遍送亲戚朋友。人人见了赏玩不忍释手。自此，浙西各郡都仰慕蓬太守公孙是个少年名士。"

蓬太守知道了，居然"成事不说"，不但坐成"失教"之责，还就此常教他作些诗词，写斗方，同诸名士赠答。蓬太守的舐犊之情糊涂得可以，但他可以不稀罕"一个斫削元气的进士"。后面庄征君庇护卢信侯读青丘集一案，弄出那么大的动静，真为蓬小相捏一把冷汗：严酷的文字狱也有漏网之鱼，此公孙太幸运了，侥幸的幸运。

这个幸运落到蓬公孙头上主要是因为吴敬梓要写这位少年名士与八股才女鲁小姐的"两条道路"的斗争，不能让蓬公孙去坐大牢，他要来进行是走八股道路还是走名士风流道路为内容的"两性战争"。他认为写时文是俗事，作斗方诗人才是雅举。鲁小姐的逻辑是不中进士，就不配当名士。这是类似于景兰江他们在旗亭讨论是中进士好，还是不中进士当了名士好的论战。举凡小说在写名士与进士交面时，都贯穿着这个价值取向的评骘。鲁小姐与高翰林的立场、观点完全一致，蘧公孙与西湖斗方名士异曲同工。吴敬梓则老吏断狱般地不动声色，让他们两两相形，同堕阿鼻地狱。他是个"执两用中"的儒者，不搞敌人反对的我就拥护的一边倒。连吴敬梓也没办法的是，不能对杜少卿那样的真名士与不绝如缕的假名士进行"量化分析"，假道学大骂杜少卿的罪状几与假名士的症状同，而假名士们个个沾沾自喜，都有股子"真名士、自风流"的味道。

蘧公孙与鲁小姐的斗争可谓各有优势。鲁小姐虽深感"误我终身"，也只能嫁鸡随鸡，只好以变本加厉的攻势作用于其子。母对子的镇压又有了礼教依据，鲁小姐变劣势为优势。而且，蘧公孙虽为男子，但走的终不是钦定正途，名不正言不顺，气势上输于乃眷一筹，"自知惭愧"。再加上他终是个绣花枕头，又不肯用功学习，做名士也做不出什么大风水，就连决心做出一番名士功业的娄三、娄四也以失败告终，这刺激了这位"少年名士"在人生十字口的选择：他因见两个表叔半世豪举落得一场扫兴，从而把这做名士的心也看淡了，诗话也不刊印送人了（《儒林外史》第十三回）。想在学校中相与几个考高等的朋友谈谈举业，无奈那帮人因他是个作诗的名士，不来亲近他。恰逢其时，他遇上了"举业传教士"马二先生，马二给了他一锤定音的教导：讲了一番一代有一代之学——学而优则仕的规律。"一席话说得蘧公孙如梦方醒"，皈依正道，"每晚同鲁小姐课子到三四更鼓"。这场人生道路的争夺战，终于以应天乘时的八股派大获全胜结束。蘧公孙的名士梦破灭了，送救命恩人马二先生上路时，不忘"要了两部新选的墨卷回去"。最后，他也算成了个选家，汤由、汤实入考场前，看见蘧公孙编写的教材在书摊里。

吴敬梓警醒世人的笔意是既丰饶又深邃的。蘧公孙的名士梦与鲁小姐的进士梦，都是认妄迷真、作茧自缚。不是人不该有所追求，而是不宜错位出位，蘧公孙没有诗歌创作的才能不是毛病，非把自己的名字和高青丘的名字放在一起刻印成书就是毛病了；不会选评八股也不是毛病，但要附马二的骥尾占封面就是毛病了。吴敬梓觉得鲁小姐参加不了科举就别硬往那条道上"努"了，一辈子都"努"到一个不该如此的对象上是冤枉的，自讨苦吃，是自设套局自己钻。许多人都是这样自己破坏着自己的生活，只因为执迷着一个自作多情的虚妄的幻象。

权勿用

　　权勿用这个人的可悲大于可笑，可笑大于可恶，他一生活在没有办法的办法中。他既虚荣也笃实，既颟顸也圆滑，是有着自己的梦想和执着的，就是没有光荣起来。而那些在现实的仕途科场中光荣起来的并不比他高尚、高明得多。吴敬梓给他的名号也暗喻讽刺。权勿用者，暂且无用也，那意思还是将有大用的；权勿用字潜斋，自然用的是《易经》"潜龙勿用"卦辞，给人眼下虽为匣中剑，但飞鸣枭首自有时的感觉。在不知其才学如何时，二娄设"潜亭"虚席以待这位潜龙。顾名思义，此公必是位高贤，何况杨执中"叠着指头"把权勿用隆重推举上台。

　　吴敬梓一如既往地让人物来评论人物，这样从叙述艺术上活泼经济，能够一笔并写两面，不同的人对同一个人的不同评价足以揭示评论者的心胸见识。杨执中受二娄礼遇过当，不有所猷献不能心安，又与权无用志同道合，便推荐了这位有"管乐的经纶、程朱的学问"之"当时第一等人"来娄府，这令20世纪的广告词也抱愧的推销语言，使娄三公子大惊失色，深感失察渎贤，距离能养士的信陵君等贤公子又拉开了可悲的距离，二娄让家仆宦成去请这位大贤，在船里宦成心里想二位老爷着实可笑，多少正经人还不够来往，偏偏要请这么一位"宝贝"？船上两位如梅玖一样的"学里的朋友"本着不背后议论人的公正对权潜斋做了如实的介绍："他在山里住，祖代倒是务农的人，到他父亲手里，挣起几个钱来，把他送到村学里读书。读到十七八岁，那乡里的先生没良心，就作成他出来应考。落后他父亲死了，他是个不中用的货，又不会种田，又不会做生意，坐吃山崩，把那些田地都弄得精光，足足考了三十多年，一回县考的复试也不曾取。"（《儒林外史》第十二回）权勿用比周进惨些，周进有过一个案首的光荣，这个还真能说明他不如周进心里通晓。这还说明几个问题：如果权勿用的爹继续在田里刨食，他压根就没得书读也就罢了；如果乡里的先生有良心不让他出来应考，权勿用也就不会把那些田地弄个精光；士农工商，他还有一样没有尝试，就是学门手艺，那三样是都证明了："不中用的货"。不过，海德格尔说思考也是一门手艺。权勿用会思考，杨执中来跟他"天文地理、经纶匡济"了一通，"他听见就像神附着的发了疯"，说明他多么想做通古今之变、究天人之际的大思想家啊！具有诗意的精神气质和灵感状态。"从此不应考了，要做个高人"。原先还在土地庙里训着几个像荀玫一样的蒙童，现在连这点经济来源也丢掉了，不但当今皇上不来访他这位高贤，像文王访姜子牙、朱元璋访王冕那样，就是县太爷也不来请教发展县里的教育问题。他该怎么办？据那位秀才说："只在村坊上骗人过日子，口里动不动说'我和你至交相与，分什么彼此，你的就是我的，我的就是你的'这几句话，便是他的歌诀。"那位年轻的"方巾"替广大读者反问："只管骗人，哪有这许多人骗？"一个偏僻的小山村，封闭至极的熟人社会，权勿用能够长效持续按照自己的歌诀生活？就像王三姑娘说王玉辉：父亲就算是寒士也养不起这许多女儿！社会不发展，人们求生的空间狭小、机会短缺，权勿用此时的上策是学个泥瓦匠手艺。无奈他是读了书的，不能进学（秀才）、发了（举人）、中了（进士），也是社会常态，中举率那么低，后补官员的队伍还那么庞大呢，读书人都中了，发了官场也就又变成了村坊；关键是他又一肚皮子经纶匡济、一脑门子高人梦想，怎么肯去学门手艺？权勿用等待的时机终于来了，他把宦成叫管家说明他非常通世故，给宦成酒资既是礼数也是高兴，使人慷慨也是为人笃实，那"两分银子"是他半个月的生活费啊。而且，尽管是娄府招贤，权勿用还是要把热孝服满月，要是乖巧的王惠、匡超人岂肯等待？权勿用也许骗过人，但这一回没有欺心。他也没有被太保公子延请，潜龙奋飞指日可待，将有无用之大用、将有惊天地泣鬼神的作为之类的盘算。

那两位方巾是既得利益者嘲笑失意人"不中用的货"，主要是指"足足考了三十多年，一回县考的复试也不曾取"。固然不能以成败论英雄，尤其不能以考中与否论英雄，"又不会种田，又不会做生意，坐吃山崩，把些田地都弄得精光"，他之不善治生与不善举业，与道德文章无碍，也许蹇而德进、穷而文工。他做"高人"的欲望本也无可厚非的：不满足现状，厌倦世俗之路，走自己的路，这不是王冕的选择吗？杜少卿被后人评得上了天不也就是这么个话头？而且，权勿用那个大帽子不是与王冕自制的"高冠"很相像？王冕不也是被群小围笑吗？看来，真名士、假名士，得失寸心知。外在的标准，一如别人的评论没有个确定一致的界定。杜少卿也曾被方巾翰林们诬为扯谎骗人的下流坏。

那么，权勿用到底高人乎？小丑乎？

这要看权勿用的家底。平心而论，他不是个扯谎骗人的人，不是胡屠户、严贡生一流的势利小人。权勿用倒是个实诚人，不媚俗揩油，有土气，没有奴气，是个野人及其幻想中的高人的合成品。他自身没有构成自然讽刺的内在矛盾，是他周围的人给他围出了一道名实不副的光环，他本人不是金佛玉身，于是假象露馅，此公成为笑柄。其实，他本人并没有自矜，自诩为管乐、程朱，这个比方是杨执中出于"结党"壮声势的需要封赠的。二娄在官海宦河里泡腻了，需要野味来"消酒"，于是视权勿用为大贤，这真是个各尽所能、各取所需的结合体。用大贤来做下酒的小菜，可见"信陵君"也退化变了种，今不如昔。杨执中则是权勿用的指路名师，将他由一个八股路上的爬虫，点化成名士阵里的"第一等人"，像周进拔真才专挑范进一样。杨司训也是别具法眼的。

吴敬梓直接倾注笔墨调侃他的地方，是他从乡下进城来，"衣服也不换一件，左手捎着个被套，右手把个大布袖子晃荡晃荡，在街上脚高步低的撞"。"七手八脚的乱跑，眼睛又不看着前面"；高大的孝帽子被一扁担挑走了。评点家们联想起鲁小姐婚筵上那只天外来峰的钉鞋，其实这样写权勿用之"奇峰怪石"风光，倒更像伊索寓言中那只"乡下老鼠"。作为世家公子的作者，看着这类乡下人的野朴——不知进城走右首，出城走左首，等等，有点好笑罢了。细观作品，吴敬梓对此公的直接考语只有四字"怪模怪样"，这是非常公允客观的。怪模怪样本身并不缺德，如果没有什么身份的话，也谈不上丢人。如果娄三、娄四像权勿用那么怪模怪样，衣服也不换一件，便是丢人的。而权勿用是一介寒士，当掉旧袄想换件夹衣，钱还给杨老六给偷走了。那个胡子秀才说他骗人，大概是学里秀才对名士高人的整体评价，认为那不是正路，只是在欺世盗名而已。权勿用不是骗人钱财那种小丈夫。杨执中跟他闹翻了脸，说他是疯子。这个贬义词，也不能贬低权勿用多少。杨执中是个比权勿用俗气的人，见他进娄府时衣衫不整，没有帽子，还大惊失色，这倒说明杨大贤像女人一样注意打扮，有着普通文人的酸气罢了。

确实通篇没见他施展管乐的经纶，唯一干了一件实事，就是典当了一件旧衣，钱还被杨老六谋去；也没见他弘扬程朱的学问，只说过一句"居丧不饮酒"，考核过五荤指哪些。杨执中的赞语是落了空，不过不是他本人的自媚自吹自诩之词。许多评论者接受了萧山县关文中的判词，说他是地棍奸拐了尼姑，其实，这是诬词，吴敬梓在《儒林外史》第五十四回给他平了反。就权勿用被娄家请来及他在娄家的言行来说，他不大说谎话，他说张铁臂会舞剑，张铁臂的剑还是舞得不错的。

当然，他绝不是什么高人。杨执中的谬夸奖，二娄的谬敬奉，都是谬在他们。权勿用粗声粗气，在假名士阵营中倒显出了几分真气，还有点敢作敢当的质朴，不但不宣称凡坐轿的都相与，还有点不怕坐轿人的勇气。说他"疯"，大概是指责他不会媚俗。若其如此，该可惜他疯得不够，没有疯到徐文长的地步，所以不见高明。可能是权勿用有心无力，不学无术，想做高人，终究不通。但他没有自吹自擂、胡支扯叶等假名士的臭毛病，不想拿高人的幌子换饭吃，尽管有人以为他是高人赏他吃饭。当然他也根本不可能有拒绝之的清高气，个中有唯物的原因：他需要吃饭；有唯心的原因：他也以为自己是个高人。在没有自知之明这一点上，他与那些多如过河之鲫的假名士们没有什么不同，所以也同样活得昏天黑地。自认高人是一种补偿心理，是对"足足考了三十年，连个县考的复试也未曾取"的持久的失败命运的报复，给自己整合了一个活下来的理由，给心理学讲的"理由化"做了一个生动的注脚，与阿Q自封革命党的心理曲线相同，是一种于挫折中把自己认同于高级目标的"目标认同"，也是努力使自己与那自己缺乏的理想对象相似的"损失认同"。说到底是一种可怜的防御机制，改变不了主观世界，更改变不了客观世界。

张铁臂和凤鸣岐

　　吴敬梓对待武术的态度是半哨半不哨，这不仅因为毕竟都是国术，还因为他本人确实感兴趣、有相当的同情之了解。内证之一便是理想人物也会这一套，比如虞博士会看风水、沈琼枝会武术。当然，凤鸣岐就是作者的理想人物，他是真侠客；张铁臂则是假的，因为他以武骗钱而不是扶危济困。清代因为白莲教一案颁布过禁武令，这是为了根除民间造反的可能性。

　　《说文》："侠，俜也。"侠士即俜士。段玉裁在《说文解字注》中所作的释义很重要："今人谓轻生曰俜命，即此俜字。""侠"在古语中有"拼命之中"的语义。西周封建制解体后，是一个自由武士、自由文士阶层兴起的时代。这也是古代侠客活动最有声有色的时期，唐雎、豫让、聂政、郭解等，相应的在文学上则有《左传》《国语》《战国策》的片段记载，《史记·游侠列传》则是相当成熟的武侠文学了。然后是唐代藩镇割据，大僚们养士保护自己、暗杀仇家，这就有了唐传奇和宋元话本中的短篇剑侠故事。再然后就是明末清初之际，反清复明的志士们有不少以剑侠身手出没于朝野间，譬如大名鼎鼎的傅青主傅山。人们常以为，《儒林外史》是写文人的，出现两个侠客形象是插笔，或者干脆说是败笔，认为既没有必要，也没有写好。其实，除了吴敬梓的个人兴趣外，作为一个广泛地写各类士子的种种表演的小说，写一两个武士的形象完全是必要的，不仅使长篇出现些变异性场面，更因为士本身就包括文士、武士两个部类的。《韩非子》说"儒以文乱法，侠以武犯禁"，将儒与侠并举对称。他们在当时有许多共同之处，如自由人的身份，有强烈的使命感、责任感、拯救欲等。那些自由文士是很有侠义精神的，如孔子所概括的"志士仁人，无求生以害仁，有杀身以成仁"等。历来赞美侠客的，一是希望这种超人来除暴安良，包打不平、拯救孤弱，如《水浒传》等；二是对这类超人的人格大加赞赏，以为这类人能"向死而在"，活得有声有色，凛然有生气，如文人对李贽的许多议论。发愤著书的太史公马迁对侠高度礼赞——"救人于厄，振人不瞻"，仁义兼备，尤钟情于布衣侠士"不爱其躯，赴世之厄困"的敢于担当的精神，并深为"撼当世之文网"的"匹夫之侠，淹灭不见"，而"甚恨之"。司马迁说："秦汉社会中，为侠者极众。"

吴敬梓秉承着和司马迁相当的情怀，既恨士子活得窝囊，又恨真的侠士像真的文士一样日稀了。所以，吴敬梓特写张铁臂这种假侠士与娄府收罗的那堆假名士形成一个相得弥彰的暴露性画面；又希望用侠义精神来振作颓风，救人济厄，所以在写了虞博士等南京真名士消逝后，特写一个凤鸣岐，其中包孕着吴敬梓的不少心思。

先说张铁臂。他飞檐走壁时弄得屋瓦一片乱响，但毕竟还是能够"飞"上去。他的剑术还是天花乱坠、水泼不进的，而且做派上也像个侠，他从官差手中捞出权无用时就派头十足。到了娄府，他的谈吐做派让两位公子如获至宝。张铁臂没做什么缺德事，甚至还以侠的幌子干了一件违反侠义精神的事情：以猪头骗了二娄五百两银子，吴敬梓化用了一个已有的笑话段子用在他这里，主要还是要开二娄的玩笑。我们似乎不能赞美这是"吃大户"，张铁臂不耐烦终日陪着阔少消食，慢慢地揩点碎散银子，而是一下子诈五百两，还振振有词、头头是道，把自己打扮成匕首杀仇、明珠报德的真剑侠，造成一种特殊、诡秘、危险、紧张的氛围，使二娄别无选择地迅速交出银两，还产生了更新奇的期待，约期定了一个"人头会"，最后是猪头大曝光。铁臂之行骗及权勿用之被锁走，倒促使二娄从养士的迷梦中清醒过来。吴敬梓要讽刺的不是张铁臂，而是二娄。此铁臂大侠，后在天长县长住，还成了杜少卿的门客，不打把式了，在杜府是看病的先生，而且吹嘘自己"临症多"，并决心先让自己的儿子捐个功名，再挂牌行医，就可以号称儒医了。自然捐功名的钱是杜少卿出。杜少卿到了南京，张铁臂也到南京走走，恰巧碰见了二娄的表侄蘧公孙，破了相，灰溜溜地回天长了。这位大侠未能人尽其才、物尽其用，诚末世之必然，抑或还不够末世之必然，如果再末世一些，到处是假冒伪劣，就是他们的天下了！

　　凤四老爹凤鸣岐因其原型是民间的民族英雄甘凤池，素来承受着好评，据说是英雄真侠。细读原著，不难发现，吴敬梓也在"滑稽"他，对他的长相穿戴的描写跟张铁臂差不多，多出了一个"肘下挂着小刀子"，煞是可笑矣。他在秦中书家教他哥儿俩武功，跟张铁臂给二娄解闷差不了多少。他有派头不像张铁臂那样凑趣，一见那些纱帽老爷作了个"总揆"就开讲在后面教秦二侉子怎样提气练拍打功，往好里说是不把这些纱帽放在眼里，往坏里说是不懂规矩礼貌。各衙门的捕快都敬畏他，倒显得他更像黑社会的老大。他帮助万中书把官衔弄假成真、去动员秦中书的那套说辞跟动员马二拿银子给蘧公孙消灾的那个差人的套数一模一样！秦中书说他是"极会办事的人""见事的人"，看他对个衙门的规则及潜规则都了如指掌、能够穿梭自如，说明这位侠是行走衙门的侠。他说出了那个社会的真相："有了钱，就是官！"操纵权力比动用拳头好使，万中书给他磕头高达二三十个。凤鸣岐的出现实在是讽刺了纱帽们，吴敬梓恶作剧地让官员在戏池子里"采"了万中书出去，还加一句回末评："有分教：梨园子弟，从今笑煞乡绅。"凤鸣岐有主张有办法，那两顶纱帽只有听他指挥的份，然而他这是在做什么呢？保住了一个冒占凤凰池的假官，此公冒称中书就是因为家里困难出来打打秋风，不说大点没人搭理。观凤鸣岐诸多行侠之举，我们最大的感慨便是：鸥凫共浴、鹿豕同眠。此大侠也难以干几件正经事。

这位大侠无用武之地，有劲无处使，救了一位假中书，和秦二侉子在跑马场里练练拳脚，最后替别人找欠钱不还的赖账人，然后就不了了之。与聂政、荆轲辈无法比，与唐代的虬髯客也无法比，吴敬梓说凤鸣岐影射着甘凤池，但为什么不写一点他参与高层政治的情况呢？是他觉得政治很无谓吗，还是怕当世之文网？但吴敬梓不是几次揭露文字狱情况，还公开驳诘朱注吗？而且吴敬梓既然敢取材甘凤池，何不让凤鸣岐更像一点呢？恐怕应该从士的总处境角度来领会这位真侠亦无所用身的凄清：不但许多真儒大贤无所用身，连真侠这种无意识形态性的人物也只能反折风月而已。那个吸附人才的吏治系统已经僵硬无弹性，出现了这种意义上的人才过剩，政治制度停滞无革新，政治机能萎缩无动能，无法接纳有为的人来加入政治领域。说到底是揭示了当时那种制度毁坏人才这个老痼疾。凤鸣岐之无所作为与肖云仙被削革可参观。

吴敬梓似乎着意要表彰的是凤鸣岐不同于酸文人、臭官吏的性情气概，他的全部活动都体现着一种"以战为戏"的精神，与孙悟空有时进行一些"待老孙耍他一耍"的战斗差不多。那只猴子常因此而节外生枝、生些波折，凤鸣岐却战无不胜，一切皆在意度中。在万中书被拿后，吴敬梓半真半假地说："萍水英雄，一力承担患难。"凤鸣岐与万中书的确是萍水相逢，也的确为万中书承担了丧身灭家的大患难。凤鸣岐看着眼前的翰林、真假中书一筹莫展的熊样自是唯有"冷笑"而已。而终于将中书弄假成真，又说明着那个吏治系统又有着多么大的空隙！空隙有且大，却只对万中书辈开放，是绝不容奇人、贤人、真侠跻身侧立的。他戏弄这个系统，上下其手，左右支度，将官场变成了跑马场，只是为了好玩，"这不过是我一时偶然高兴"而已。"壮士高兴试官刑"，戏弄官差、乱子、胡子之类是绰绰有余，吴敬梓也是借凤鸣岐带出一圈乱七八糟的人，丰富了《儒林外史》这部卓越的风俗史诗的画面：一般地说"趋炎虽暖，暖后更觉寒威"，但万青云这种人不知"寒威"只知加劲"享暖"。他成真中书后，更加放诞无忌。这不是给凤鸣岐行侠效果的最好评价吗？这个社会已如此矛盾，使人有所用力也只能再生邪僻。秦中书胆小不如鼠，白花了一笔冤枉钱，还得庆幸弭祸之福；高翰林、施御史自夸科第正途，目空一切，一遇万中书事，手足无措，任凤鸣岐指派，堂堂大员识见能力不及一介乡民！官场如不低级，怎能出产此辈官员？此辈如不低级，还能成为官场的宠儿不？再看这样的官员治理下的人众，世间有多少胡八乱子、毛二胡子一样的人；毛二胡子有狐狸一样的狡猾，拖逗出别人有了"打不起官司告不起状"的破绽后，就使出狮子般的凶狠，白讹了陈正公一千两银子。这种人与高翰林辈一样，都在各尽所能地榨取着能够榨取的东西。由他们构成的社会还能正常、健康吗？好在高翰林们似乎不能代表全体官员，毛二胡子也代表不完全体民众，何况还有凤鸣岐这样的义民。只是皇家不能用义侠，义侠只能游走江湖，成为民间正义的可能的体现者，凭其兴致所致，以"耍他一耍"的态度管些事情。他们只是游侠而已，而已。

侠的出现本是社会不公正现象的补偿，侠与清官一样是民间崇拜的偶像。真正的义侠与清官一样，有倒是都有过，基本上是个人行为，解决不了多少社会问题。文人议政礼赞义侠的精神，赋予他们济困救危、替天行道的责任感和相应的权力、能力。其行侠仗义的人格尤为宋后的哲人所推重，直到龚自珍、谭嗣同依然如此。可是从社会学史角度看，侠士们逐渐地土匪化、流氓化了，游侠与流氓几成同义语。张铁臂骗二娄即是标准的流氓行径。凤鸣岐有游侠的傲骨和气派，而且施恩不望报、功成不居，都与那些只能靠吹牛来证明自己的鄙陋之人形成了鲜明的反比，他与市井四奇人合成文武齐全的"布衣人杰"。但他也是瑕瑜互见的人物，营救万青云这种打秋风的骗子，谈不上维护正义，只不过是出于意气，扯不到历史、民族等大字眼的问题上去。其生龙活虎、不可捉摸的神勇、神韵倒颇令人羡动。

匡超人

　　吴敬梓再三提醒《儒林外史》的读者，说匡二匡超人"乖觉""乖巧"，他的故事分艰难和顺利两大段。艰难的时候，匡超人的乖觉是感人的，对马二、对匡老是催人泪下的；顺利后，他的乖觉便使他翻脸不认人，抬高自己，贬低恩人，令人憎恶了。本来一个聪明的乡下青年刻苦勤奋地想改变命运，从抽象的实现自我的理论讲，没有理由受到谴责，因为一个青年人，心中怀抱着对荣誉和幸福的向往，是不能简单地斥之为野心或无耻的。难道底层青年人都应该永远乐天知命地安守他那屈辱而贫困的地位吗？匡超人的问题在于他背叛了淳朴的乡村道德，而且并没有非背叛不可的理由，譬如你不骂马二就把你杀了，马二也会同意你骂两句；你去监狱探望潘三就会把你也关押起来，潘三也会同意你不去探监。境遇伦理已经是本质伦理之接近不能容忍的底线了，而匡超人连境遇伦理的底线都突破了，就是因为他太"乖巧"了，不肯有一点点仗义的傻气。事实上，保持淳朴的乡村道德照样可以改变命运，《儒林外史》故意写了好人好报的故事，如鲍文卿。匡超人原本杀猪、磨豆腐卖，还读书又孝顺老人、亲近乡亲，口碑已经树立起来，赢得知县李本瑛的夸赞和提携，沿着这条好好学习、天天向上的路线已经走出了头，戴上了一顶方巾，不测的则是知县李本瑛偏偏被摘了印。匡超人因为是知县提拔过的有人密报他指使聚众挽留知县，只有仓皇逃窜，进了城。既多亏景兰江和潘三照顾，也因了潘三的开发，匡超人的聪明大开了，他彻底变了。

　　他侍奉病爹刻苦读书，即使读的是八股作法大全也没有问题。马二资助他给他讲必须走科举之路，否则哪个给你官做，也没有问题。因为句句是实话，在官本位的封建社会，没有官位就没有社会地位和能产生实惠的荣誉。不是马二诱惑、欺骗了青年，而是那个社会原本是那么回事。马二只不过以半生辛酸为代价认识了这个"规律"，并向匡超人陈述了这个日常事实罢了。马二是见匡超人勤奋刻苦、有志无助才鼓励他的，照样叫他孝敬父母，无非是用自己的苦读安慰父母，并没有叫他撒谎势利眼，也就是马二教他的都是传统道德和官版道路，在作者的坐标里，这些都做到了也不是变坏。说匡超人是马二教坏的，是个冤案。人们为什么不说匡超人是李本瑛提携坏的？因为需要给八股找罪名，便把马二"血心"扶助弱小的举动也罗织成教唆。这与卫体善攻击马二讲的只是杂学、全然不知文章理法（《儒林外史》第十八回）有何差别？都是需要这样说就这样说，全然不顾事实。因为马二教匡超人的是八股"理法"，匡超人贬低恩人马二的时候，让步修辞，说马先生理法就是才气差。马二的杂览并不如卫体善抬举的"倒是好"，他游西湖的时候要是杂览好也会抠出些风花雪月的词儿，吴敬梓讽刺地点出马二是只读过《纲鉴》的。马二只认识蘧公孙，并没有去过蘧太守家，却被歪曲夸大为"在嘉兴蘧坦庵太守家走动"——歪曲和夸大是《儒林外史》内外人身攻击的基本伎俩。

匡太公是宁愿他在家守着自己也不要去当官的,匡大与人抢占卖杂货的摊位还要摆出他弟弟与知县老爷相与的,潘保正是看着他骨骼面相会发达才一路帮衬他的。三叔催房子、和尚不容他扶着重病的父亲住,这样的日子能够让他安身立命?匡大作为小本经纪人的遭遇和经历,事实上每分钟都在提醒不像他那么糊涂的弟弟:人不能这样生活,路不能这么行!要跳出平民的洼地,要出人头地,这种愿望既是挤出来的,也是顺理成章的。因为他精神头足,勤敏聪慧,可以不像他一样混账度日,然而又不能说聪明人就得学坏才有出路。匡超人变坏是从日子顺利些开始的,他成了秀才了就有了脾气了,不肯接受学官的"要求",只承认知县是自己的老师。等流审出来又不肯说了,因为知县被摘了印了也。

匡超人当年离开杭州时是个吃不上饭回不了家的穷苦少年,如今旧地重游。号称蔑视八股举业的景兰江见匡超人是个秀才才主动兜揽他,匡超人已然有了对人生的看法,先"失言"问老客既然开头巾店还看书干什么,继而又"瞎赞"了一通斗方上的诗。如果景兰江戴个方巾,匡超人就不会问他何必看书了;匡超人听到杭城名坛中没有时文这一派,"不胜骇然"。这个时候,还是匡超人以马二为神的时候,听到景大名士相与的是娄中堂的公子、学台的同年鲁编修,个个都比文翰楼里的马二神。他哪里肯深究鲁翰林咋会不是时文派?景兰江与他知道的湖州名士个个相与,既是吴敬梓照应前文,也是"揭发"他谬托知己、虚张声势、自抬身价。匡超人在骇然后,开始学习他们了。刚下船又领教了名坛领袖赵雪斋一番"说话":范进不但是通政了也跟名士一起"拈题分韵",荀玫成了御史"日日邀我们到下处作诗"，鲁翰林果然与他们交好，不然胡三公子也不为征集挽诗。

这才是开始，下面的大戏是《儒林外史》的著名段落：旗亭讨论进士好还是名士好。乖觉的匡超人凑趣地说既然不可兼得，还是做赵先生的好，赢得一齐拍手叫好。他看到了名士是进士之外的一条成功路，而且隐隐觉得凭自己的才智走这条路并不难。景兰江的定音之论对匡超人极有影响：中进士是为了名，而像赵雪斋这样的大诗人，"虽不曾中进士，外边诗选上刻着他的诗几十处，行遗天下，那个不晓得有个赵雪斋先生？只怕比进士享名多着哩"！众人一片赞同，浮一大白，匡超人听后，"才知道天下还有这一种道理"，这似乎比爬科举窄楼梯要惬意简便多了。接着他感觉到了以诗会友，结成"沙龙"的实用价值，就是这种"高雅"的社交是建立社会势利的手段。景兰江向他介绍胡三公子的情况时说得分明：胡三本是冢宰公子，失去父恃后，便成为受人欺蒙的弱小者，"全亏结交了我们，相与起来，替他帮门户，才热闹起来，没人敢欺他"。其中一个关键人物便是那位高居诗坛的赵雪斋，"府、司、院、道，现任的官员，那一个不来拜他？人只看见大门口，今日是一把黄伞的轿子来，明日又是七八个红黑帽子吆喝了来，那蓝伞的官不算，就不由的不怕"。还是和权力挂起钩来才见效益，这是令匡超人最为心动的。匡超人和景兰江一样都是想把雪球越滚越大的人，景兰江煞有介事地说着，匡超人不加分辨地接受着。到目前为止，匡超人还没有拒绝过什么。

匡超人并不觉得这帮"商定诗人""斗方文豪"多么寒碜，兴致勃勃地跟着他们把鸡鸣狗吠看成名震江南，把残杯冷炙看成宫廷大宴。可惜，这只是个"幻象"。他们像假话说过几遍之后自己也相信了的人，已认幻为真了，活在幻象中领略着无限制的精神胜利。然而，他们凑份子的"湖上一会"酸齑得"令人呕出酸馅也"。"谁不知道我们西湖诗会的名士"的狂妄，被"盐捕分府"弹指闻将名士风光扫荡得一干二净。他们那诗会变势力的努力、自估的效果，被"真实"戳了个透亮！黑暗中，景兰江拉着匡超人溜之大吉。闲斋老人第十七回的评语，可谓给斗方名士结了总账："斗方名士，自己不能富贵而慕人之富贵，自己绝无功名而羡人之功名，大则为鸡鸣狗吠之徒，小则受残杯冷炙之苦，人间有个活地狱正此辈当之，而尤欣欣然自命为名士，岂不悲哉！"

匡超人加入的这段西湖文人的故事令我们不敢深入思量：如斯诗人，古往今来有多少？为什么他们利用闲暇时间"寻些好诗题"过文化生活，"做西湖的诗"却寻雅而得俗？他们那份"精神文明"对这个民族有何作用？这堆文人有赵雪斋、景兰江这样的诗家，也有卫体善、隋岑庵这样的选家，他们的那些"精神生产活动"有多少精神性呢？不对，应该说有多少技术含量呢？匡超人一夜之间就跟他们并驾齐驱了，连夜剪贴"诗歌作法"去参加诗会，居然不比那些老手差，至少没有"且夫""尝谓"那样的讲章腔。于是，匡超人变成了"名士"，而且是"两栖"的，因为"乖觉"的他投入选评八股文时间不长就是著名选家了。这样，他不但在"大世界"站住了脚，还占据了一个有利的地形，进可以攻，退可以守，进退有据，四角俱全。在进士和名士两条道路的选择、争论中，他用自己的实际行动做了最"聪明"的回答，完全可以东食西宿、鱼与熊掌兼得，根本没必要"非此即彼"。他比那些假名士务实而有能力，比那些八股迷灵活而能应变，在运用社会给他的经验去选择自己的活法。他不是一口痰趴在地上，而是像瘟疫一样随时准备钻入上层社会。在这匹生狼敏锐目光的审视下，大世界里的诸色人像退潮后海边显露的礁石一样，暴露了自己活法的全部秘密。匡超人只知道成功是不可替代，必须成功，不择手段地成功！他所面对的是一个给青年灌输良心、智慧和勇气的社会吗？到处都是虞博士、杜少卿就好了！可惜，他们寥若晨星，化为盐末也撒不满那么庞大的一口黑锅。"四书五经"为什么不能有效地武装青年呢？人们说匡超人是当代英雄，就因为他的灵魂和行为是从时代的五脏六腑中孕育出来的。他的蜕变能说明当时那个社会的心理趋向：哪个还管什么道德文章、招摇撞骗且图一时快活而已。如果说吴敬梓那段有名的论五河县风俗的妙文是描述了普泛的社会风气，那么匡超人的人生选择则深入地揭示了那种风气下人性的遂顺变形。人是脆弱的，越聪明乖觉越脆弱。接下来走到匡超人身边的不是虞博士、杜少卿，而是潘三。

匡超人是寻马二，马二回处州了，找潘三，潘三出走远了，才与这帮文豪唱和相与的。潘三回来后，立即彻底否定了他们这批"呆子"。匡超人又开始跟着潘三做"有想头的事"了。这有想头的事就是违法获暴利，匡超人主要是给潘三做文秘和枪手，潘三让他迅速脱了贫也学了许多"乖"。那帮斗方名士对这个文学青年的"范例作用"已经融化在血液中了。吴敬梓细致描绘匡二，看着潘三跟这个说话、跟那个谈事、开赌局、用豆腐干刻衙门的印，乃至写匡超人替人考试的过程都是借匡超人的眼睛和身子来揭示社会现实，譬如绍兴的秀才一千两银子一个，显然比浙江别的地方的秀才值钱，看潘三谈判让我们明白一点他们办事的套数，这些构成《儒林外史》之"风俗喜剧"长卷；"黑社会"也是社会，黑社会才是真实的社会。潘三对匡超人是真的好，不仅帮他脱了贫，还让他娶上了媳妇。这位村镇少年在杭城这大世界里，不再单纯足够机敏，借马二的余荫成了据他说最畅销的高考作文评选家，学着景兰江他们领略了名士的名人生活，跟着潘三打出了自己的小天下。我们不能不敬佩吴敬梓的现实主义的写实的高明！尽管事实恐怕比吴敬梓写的还要驳杂阴暗。吴敬梓是个非常"厚道"的作家，尤为厚道的是在与潘三做道路的时候没有对匡超人进行心理刻画，只把匡超人放在了风俗中。

在这样的"场景"中，亦即一个社会的制度、发展方向连同其制造意识形态的能力都成了大问题时，吴敬梓展示"匡超人道路"是研究人性的复杂和选择的可能性。吴敬梓在得不到新的意识形态的任何支持的困境面前毫不却步，也不指望有社会力量来惩恶扬善。他像汪洋中的一条船，只能凭自己对人性的本真的信仰来审判这个乌七八糟的世界和各色人犯了。在道德领域似乎不能搞"合理主义"，不能把现存的当成合理的，那其实是一种浅薄、软弱的人道主义，花袭人的"不得已"哲学，人们会永远在"伤心岂独息夫人"的叹惜中延年益寿地活下去。吴敬梓对匡超人的批判，当然还是一如既往地秉持着公心，这公心的大部分内容只能是他认可的传统道德。

匡超人正式变坏是从他拔了优行贡以后。吴敬梓没有明确地写出是否是李本瑛跟温州学政打了招呼，逻辑上具有这种可能性，因为李本瑛千辛万苦地找他，须经过温州学政，又正好"差往浙江"。贡生里面优行贡最金贵，贡生能够入国子监学习的更是机会难得。匡超人还跟潘三商量"要回乐清乡里去挂匾，竖旗杆"，结果潘三被"拿了"。这个时候的匡超人有着一半是关心自己的意思，毕竟还热切地打听潘三的情况，"刑房拿出款单来"，他一看："也有两件是我在里面的；倘若审了，根究起来，如何了得！"他到手的美丽前程就泡汤了，肯定不够优行贡的标准，因此就不能去"太学肄业"了。这个时候他不去看望潘三可以理解，毕竟对潘三无益对自己有害。甚至他硬逼着娘子回老家也有躲避远祸的意思，他的丈人在衙役行知道深浅也压着女儿走也可能有这方面的考虑。

李本瑛作为京官，可能跟温州学政打听过匡超人，学政忙不迭地又是列为一等第一，又是题优行贡，又贡入太学，李本瑛意料中又并没有先知道的大喜，这个国子监的学生还没有当上的贡生又要被李给谏"安排"成教官了。匡超人不但进了京城，还要成为天下最高学府的教授，他那乖觉的心灵怎能不随着"命运"发生跃迁式变化？

要回乡里竖旗杆是虚荣、由势利眼变成拿班做势的势力行了，在老师这样的大人面前承认娶了一个抚院差人的女儿怕被看轻了，同样是往上巴结的势力虚荣，如果匡超人还是在大柳庄卖豆腐，别说抚院差人的女儿，就是县衙快班差人的女儿也够他炫耀，够他哥吓唬别的小贩的。面对李给谏抚养大的外甥女，匡超人也做过思想斗争，结论是蔡状元可以招赘牛相府我也可以再传佳话。匡超人没有对他曾经"相得"的妻子和小女儿有丝毫的疚愧，享起了"天福"。再看匡超人对他原配的死，"止不住落下几滴泪"后，马上恢复了老爷派头：围绕着"诰命夫人"做够了文章，还是不回去办理丧葬，又开了让他哥"浑身都酥了"的空头支票，一副一人得道鸡犬升天的攀高峰的模样，没有任何伤感忧戚之情形。匡超人的乖觉完全运载冷酷了。

在重返杭州的船上及一起做诗会的时候，匡超人与景兰江何其亲近，现在"口气不同"了，不肯跟他去茶室，只好上酒楼。这时，匡贡生俨然第二个严贡生了，吹牛撒谎的技巧也如出一辙：本是为选取教习回省里办手续的（"取结"），现在变成已然是教习了，而且教的都是勋戚子弟、三品以上的大人，这些学生"出来就是督、抚、提、镇，都在我跟前磕头"。匡超人是聪明绝顶的，能把听来的高论变成自己选批的讲章的序言，能看一夜诗歌做法就出席西湖诗会，现在把在京城听到的关于国子监的情况变成自己的实况了。而且，现在"我的老师"是国子监祭酒了，现任中堂是太老师了，"前日太老师有病，满朝问安的官都不见，单只请我进去，坐在床沿上，谈了一会出来"（用严贡生的话说这是缘分）。这中间，他的高论里面还有两个亮点：一是我是正途出身，这是蒙人的，正规的举人进士才是正途；二是内廷教习与平常教书大不一样，"我们在里面也和衙门一般：公座、朱墨……"蒋刑房终于等他吹嘘完了，"慢慢提起来"：潘三再三要"会一会，叙叙苦情"。匡超人今非昔比，沉着老练得很了，先夸赞潘三是个豪杰，证据就是"会着我们"根本不吃你们请他吃的这种菜；再说他不是做诸生的时候了，他现在是官了，"若到这样的地方去看人，便是赏罚不明了"。这个借口太无耻了，用得着他赏罚吗？他太有才了，居然能想得出；太不要脸了，居然能说得出口。一个现在匡大绝对看不起的行房实在无法接受："这本城的官并不是你先生做着，你只算去看看朋友，有什么赏罚不明?"这难不倒内廷教习匡大人,他翻脸不认人了就如同流氓会武术谁也挡不住了:先搞统一战线,把替潘三传话的认为知己,本不该说,因是知己才说,说出来的居然是"我也要访拿他的!"其次,"我要去看望他就显得朝廷处分他不对了,不是他对潘三的态度问题,是他对朝廷的态度问题了。"上纲上线到这个地步,谁还敢、谁还有"得辩他"?他最后说了句实话:"传的上边知道,就是小弟一生官场之玷。"两眼向上看的人当然只有"上边",一心往上爬的当然生怕落下"官场之玷"。匡超人当然忘了潘三给他钱给他娶媳妇,当年找着三哥就像找着家园靠山了。一个人能够忘恩负义到如此地步,是巴尔扎克笔下的伏脱冷、拉斯蒂捏也望尘莫及的,他丈母娘骂他"你这天灾人祸的"大快人心吧?这样的内廷教习不教出一个活地狱来也难。鲁迅将这类巧人称为"流氓"。

匡超人这个天灾人祸的戏还没有完,他取定了结(自己要办的办完了),不看潘三不安葬妻子,赶紧回去考取那个他已经做了很久的内廷教习,又是在船上,这回碰见的是长篇下一个旋涡的浮标:牛布衣。匡超人本来没必要吹牛,就算吹这场牛给他带不来任何好处,他也要像春蚕吐丝一样吹"我的文名也够了",像作述职报告一样总结:出了九十五本书,每一本都卖一万册,山东、山西、河南、陕西、北直的客人争着买,只愁买不到,前年刻的翻刻过三副板。"此五省读书的人,家家隆重的是小弟,都在书案上香火蜡烛、供着'先儒匡子之神位'"。牛布衣当场戳穿:先儒是死儒。不要脸的他还强辩,强辩之后就是他为了一点虚荣,还要贬低曾对他恩重如山的马二先生:"这马纯兄理法有余,才气不足,所以他的选本也不甚行。选本总以行为主,若是不行,书店就要赔本;唯有小弟的选本，外国都有的！"读到此，第一是感谢匡大评选家给我们讲了畅销书必须畅销之原理；第二是感谢这位最早"为国争光"的畅销书制作家，让八股文化"走"出了国门，根据比较文化学原理，我们应该到外国去寻找被匡先儒开化了的八股次生产品；第三就是真为匡超人先生惋惜，他如果出生得晚一些，说不准能另有一番"作为"。

这位不择手段追求成功、迅速变脸、不断转身的当代"英雄"终于告别了底层，挤进了上流社会。匡超人的福星是李本瑛。他在李本瑛面前是腼腆的，不知道吴敬梓是缺乏生活基础还是讲解兴趣，基本上没有写匡超人和李本瑛是怎么说话的。李本瑛问匡超人婚娶情况，他好像没有骗老师的故意，只是出于虚荣，说没有。匡超人不在"我的老师"面前胡吹、多说话，正是他的聪明乖觉处。如果李本瑛目睹一次匡超人的表演，还会违规提拔他吗？当然，匡超人在老师面前装诚朴之不卖乖，正是他最成功的表演。李本瑛和向鼎几乎是《儒林外史》中"唯二"的好官，他当年违规提拔这个"大柳庄孝子"、贴钱资助、为他给学道下跪求情，绝对是出以公心，觉得穷乡僻壤中有这样孝顺苦读的青年就应该提拔以表率乡里。当年学道认可知县的求情的理据也是这个青年道德好。孝子成了秀才，秀才吃了倒霉知县的亏，现在知县变成了李给谏，动了私情一步步地提携"安排"他。当了大半年孝子就能够博得后半生的发达，这是匡超人做的最赚的一笔买卖。公正地说匡超人当孝子不是表演，同样公正地说道德原来是一本万利的买卖，是吴敬梓也始料不及、苦笑不得的"发现"。匡超人全面背叛了他爹给他的遗言，也着实对不起这位提携他的好官。"知识大开"后，匡超人见利忘义，在江湖上斗方诗坛里选政圈子中成长起来后，乖巧推着势利见识炉火纯青的不要脸了。他步步好运气，被人提携得处处成功，想得到的都得到了，偏偏把自己弄丢了：那个服侍久病的父亲、孝养母亲、敬事兄嫂、亲睦邻里，表现出"孺慕之诚"（《儒林外史》卧评）的匡超人，永远离开了他的心灵，他的身子还在人间"游走"，他的良心已被纱帽遮蔽了。这种天灾人祸之人比恶人闲不住更上层楼，推测他会踩着别人的肩膀爬到权豪势要、面不改色心不跳地为所欲为的，当然每一步都会再配上一套大帽子说法。他步步走高与杜少卿步步走低正可对读。

牛浦郎

匡超人乖觉，牛浦郎伶俐，两个人一样地爱学习。匡超人于老父病榻旁苦读八股讲章，牛浦郎在庵里读唐诗。多么美啊，不得不让人叹服文化古国的伟大。抨击八股害人的人，说匡超人读八股读坏了，那牛浦郎读唐诗不应该读坏吧？可是为什么，牛浦郎也偏偏变坏了呢？唐诗不应该对牛浦郎变坏负责任，同样，八股也不该对匡超人变坏负责任。中八股毒最深的当属马二，然而马二最不坏。

牛浦郎很弱小，若在乡下会像王冕似的放牛，在城里自然无牛可放，还好有爿祖传的小店足以让他"胡乱度日"。有钱人家花大钱雇先生教都不好好学，牛浦郎却从爷爷的小小香蜡店里偷钱买了诗歌来庵里读，还因吵了师父而告叨扰。不但甘露僧可怜他，是个人就会怜惜他。饱受礼赞的甘露僧也是只以读八股为上进的，认为读那些诗歌没有用！这个善良的为牛布衣送终的和尚在这一点上是世俗见识，牛浦郎给他讲阅读感受，可以当作"美学教育"的真实案例了：第一，无功利，就是因了"听见念书的声音好听"；第二，合目的，"念两句诗破破俗罢了"；第三，纯内在，"若有一两句讲的来，不由得心里觉得喜欢"。这样一个诚恳的文学青年，如果得到良好的扶植，就算他成不了诗人，也会有良好的精神生活。

这个怯生生的孩子想办法得到了《牛布衣诗稿》，拿到灯下一看，不觉眉开眼笑、手舞足蹈起来。是何缘故？他平日读的诗是唐诗，文理深奥，他不甚懂；这个是时人的诗，他看着就有五六分解得来，故此欢喜。又见那题目上都写着："呈相国某大人""怀督学周大人""娄公子偕游莺脰湖分韵，兼呈令兄通政""与鲁太史话别""寄怀王观察"，其余某太守、某司马，某明府、某少尹，不一而足。牛浦郎自想："这相国、督学、太史、通政及太守、司马、明府，都是而今的现任老爷们的称呼，可见只要会作两句诗，并不要进学、中举，就可以同这些老爷们往来，何等荣耀！"因想，"他这人姓牛，我也姓牛。他诗上只写了牛布衣，并不曾有个名字，何不把我的名字，合着他的号，刻起两方图书来印在上面，这两本诗可不算了我的了！我从今就号作牛布衣！"

牛浦郎出身卑微，当不成衙内；胸无点墨，也难成风流名士。他改变自己命运的路子走邪了，因为他的标准定错了，他以为攀结上了上等人，便能出人头地，审美愉悦被出人头地的功利目的取代了，于是他就成了那种"自己没有功名富贵，而慕人之功名富贵"的"第一等卑鄙人物"。牛浦郎看到牛布衣可以相与这多老爷，便"义不容辞"地"变成"牛布衣了。哪知那个世界是个陷人的沼泽地，只要一脚踏上去，就立即淹到了脖子，而且永世也难得超生了，对那些自愿前往者尤其如此。名利之欲熏心，熏得牛浦郎颠倒迷狂，丑态百出了。起于伶俐，出位即蒙昧，这个孩子被"老爷""诗名"油蒙了心。

他学会了"之乎者也,胡支扯叶",却弄塌了小店,气死了爷爷,但居然能与"老爷"来往。且看董瑛离开后,牛浦郎与二位当场受了侮辱的舅丈的对话:"牛浦道:'不是我说一个大胆的话,若不是我在你家,你家就二百年也不得有个老爷进这屋来。'卜诚道:'没的扯淡!就算你相与老爷,你到底不是个老爷!'牛浦道:'凭你那个说去!还是坐着同老爷打躬作揖的好,还是捧茶给老爷吃,走错路,惹老爷笑的好?'"老爷本平淡无奇二字,在这段口角中,却用得"如火如花,愈出愈奇,大有色泽"(闲斋老人评语)。这色泽其实对牛浦郎来说倒是一种"变色";他的灵魂、人性都被那个老爷的世界吞并了,给他剩下的只是一团厚颜无耻,他已经丧失了知耻的良知,从而更是得意轻狂,而且他那丑陋的人生哲学也成型了:作揖好?还是捧茶好?像李斯对举仓中鼠与厕中鼠一样,牛浦郎分清了"人生的界限"。不过,残酷的是牛浦郎没有能力,只能靠巴结来生存。只能是虽生犹死了,因为他没有了做人的起码的尊严,已堕落到光荣地将骗来的身份当成人生最高价值的无耻地步!

我们能用糊涂拙劣来解释他那一系列愚言蠢行,以及他那下流而多刺的虚荣心吗?不能,尽管他浑浑噩噩,走这条道显得蹒跚又颠顿。他是在道德上出了问题,在名利与道德之间,不恰当地选择了名利。其实,他的智商比他的地位所要求的还高出了一些。正因为他太伶俐了,才不安本分,又急于求成、不知道正确的道路便误入歧途。他作弄牛玉圃,以报复老牛对他的训斥,手段不可谓不"高明"。然而,牛浦郎又并不携银逃窜,坐等牛玉圃反攻,这又显出他缺乏闯江湖的常识和起码的"斗争经验",还没坏得炉火纯青。主要是牛浦郎还想继续依靠"叔公",贪欲迷蒙了智慧,使他"着了道儿"。牛玉圃歹毒的惩处，不会使牛浦郎改邪归正。牛玉圃的现在正是牛浦郎企慕的将来，小牛跟匡超人一样变本加厉地坏了下去：停妻再娶，招摇撞骗，只是没有匡超人命好，董瑛不能像李本瑛提拔匡超人那样照顾他，也许匡超人起脚是孝子，牛浦郎起脚只是诗人的缘故罢。牛浦郎的诗人是虚的，一路也只能要点虚的了：依靠吹牛皮获得的虚荣，和那虚荣交换来的"社会尊敬"过日子！

　　吴敬梓用滑稽的笔致摹写了牛浦郎后来吹牛撒谎的日常生活，这也就揭示了这一类自命不凡者的荒谬和愚蠢。吴敬梓写了匡超人之后，意犹未尽，又补出个牛浦郎以"穷其变"，续写青年"知识者"的精神崩溃与道德堕落。"匡以孝子趋下流。牛以小偷攀上品，全书诸恶，二人为总相焉。"（刘咸炘《小说裁论》）这是古代长篇小说中塑造人物的一个宝贵传统——"特犯不犯"，相互发明，既让我们看到了那弥漫全社会的势利风习造就出"垮掉一代"的普遍必然性，又使我们在比较中看清了二人不同的堕落历程。童心泯灭、良心丧尽是二人的通病。吴敬梓写出的不是难以置信的绝无仅有的罪恶，而是那个社会每天都在发生的事情。如果说严贡生那样的恶棍面目可憎，还不失为一个"恐惧对象"的话，那么牛浦郎这样的人，只配让人感到可鄙可笑可怜。牛浦郎只是想学些诗文好与当官的"相与"，只这一念之差，就使他当之无愧地得到了"无赖子也"的雅称确评。他自爱太过，自欺欺世，搬演了一出错位的滑稽戏剧。不过，牛浦郎的经历告诫我们：卑鄙未必能成为卑鄙者的通行证。

牛玉圃

牛玉圃这个形象惹起我们"辨认兴趣"的是他与严贡生的酷似。

不是说牛玉圃那副"一双刺猬眼，两个鹳骨腮"的尊容，而是他那副吓唬船家的派头："我是要到扬州盐院太老爷那里去说话的，你们小心伺候，……若有一些怠慢，就拿帖子送到江都重处！"这与严贡生吓唬船家的口吻行径是分毫不差的。这几句话抬出两个招牌：一是盐院太老爷，关系是亲密的——"去说话的"，二是江都知县，关系也是亲密的——送个帖子就能重处船家。劳工阶层的船老大们，焉能不"唯唯连声"。牛玉圃那一顶方巾，还有挂在嘴上的老爷，成了他耀武扬威的资本。小牛（牛浦郎）见这位老牛"如此体面"，竟不敢打折扣地认了祖宗。

可是，牛玉圃的威风和体面是非常有限的，甚至可以说微不足道的，因为他是那么需要虚张声势，要靠联想和夸张来建立这张虚构的关系网。请看他在牛浦郎认祖伊始的那篇堂皇的开幕词："我八轿的官也不知相与过多少，那个不要我到他衙门里去？"这是张扬权势方面的"家底"。下一句"而今在这东家万雪斋家……每年请我在这里送我几百两银子，留我代笔"，这是钱面上胜人的地方。他还卖个假清高："我也不奈烦住在他家那个俗地方，我自在子午宫住。"牛玉圃终于露出了他不过是万雪斋家秋风主顾的真相，连个长随、大篾片也算不上。他"奈烦"住在人家也是不行的。他这篇开幕词如此摇曳多姿，蒙得初出茅庐的牛浦郎诚惶诚恐。

吴敬梓运用他拿手的"迅速逆转"的讽刺技巧，让这位牛老爷立即变成了"龟弟"：在大观楼与乌龟王义安平叩了头，向牛浦郎介绍乌龟的话也是惯用的话头，二十年前"常在大衙门里共事的王义安先生"，为了继续镇吓牛浦郎，他编织了一个与王义安"那年在齐大老爷衙门里相别"的故事，这个双簧因为没有排练，王义安愕然，竟反问："哪个齐大老爷？"这真是绝妙的物以类聚的奇观——牛浦郎以董老爷吓卜诚、卜信，而今老牛又以齐大老爷吓牛浦郎，从王义安茫然不知的语态完全可以断定，这位齐大老爷只是牛玉圃的编织物而已。心地朴实的人不禁要问：他们如此胡吹瞎侃能解决什么问题？或曰：他们自以为能解决问题罢了。可惜，只是自以为而已。这个号称八轿的官不知相与过多少的方巾，却被"两个袖子破的晃晃荡荡"的方巾（秀才）给吓跑了。牛玉圃置二十年拜盟兄弟被打于不顾，"悄悄地拉了牛浦""急急走回去了"，生怕"讨没脸"。

然而，狗改不了吃屎，牛玉圃见了万雪斋又是一番自吹自擂，大言欺"主"。此公于《儒林外史》留下的鸿爪，便是见牛浦郎、见万雪斋的两篇自述，该是他的得意之笔，无奈只夸张不知含蓄，到底显得鄙陋，如"只为我名声太大了"等，绝不是幽默，而是只有这种人才说得出口的自壮大言（《儒林外史》第二十二回）。而且，牛玉圃见了平头百姓说权、钱，见了盐商富豪却说作诗、书法，倒是挺有艺术性的。与见了拳师说烹调，见了厨师说打拳是一个法门。要想满足虚荣，必须自己建立一种优势，因为虚荣就是证实，即自己的生存能力强加于他人的证实。人的本能需要这种证实。严贡生相与了所有他知道的官员，牛浦郎描叙了与董老爷相好的程度，都是这种虚荣。然而这种意义上的证实，恰恰是由于匮乏。人们很少听到坐在龙椅上的皇帝像牛玉圃这样满口八轿的老爷、随嘴的高级衙门。所以，也可以说，虚荣正是由于缺乏产生的相应的欲望。牛玉圃与牛浦郎前仆后继、九死不悔地随嘴结交显达的精神，可谓精诚至极，可惜难以石开，因为本是空中楼阁，无须壁破，即可奋飞。

　　吴敬梓生怕读者忽视对这种人的"辨认"，用"特犯不犯"这种重复、叠印的技法，让小牛与老牛学步、学舌地轮番上场。老牛用"国公府里的徐二公子"给自己壮声色，且巧妙地用"二公子也仰慕雪翁"挽住了万雪斋。小牛用"敝县的二公"罩住了老牛——"牛玉圃见他会官，就不说不是了"。接着，小牛也用老牛伎俩："便是这李二公也知道叔公。"牛玉圃果然上当："他们在官场中，自然是闻我的名。"至此，小牛不但完全明白了老牛及老牛巴结的那个万雪斋的根底，完全认识了老牛的弱点，而且已能利用老牛的弱点了，终使老牛入其彀中：小牛利用老牛与万雪斋只是笔墨相与、老牛迫切想得到万家以"银钱大事"相托的心理，指引老牛借重万家旧主子以增进情谊。老牛一听程明卿便又是一句："这是我二十年拜盟的朋友。"他这种交满天下，人人是哥儿们的骗人习惯，终于用出了个自欺自毁，等他亲口向万雪斋宣称程明卿"我之拜盟的好兄弟"时，便断送了自己长期经营的"秋风事业"。

"这一个"牛玉圃也许"再见"了，然而千千万万个牛玉圃却在到处开花。就说小说中那些不太起眼的人物吧，如唐三痰、成老爹、汤六老爷，再加上整天被人请酒，累死也吃不退的夏总甲，哪个没点"牛气"？更别说比牛玉圃还干得有声有色的严贡生、匡贡生。他们都有一种头可断、牛不可不吹的勇毅精神。他们活得太卑琐、太低贱了，在强大的权力社会中，他们不吹牛便永远无法出人头地。他们无法在现实中爬上去，又很想爬上去，便靠想象来取得这份自由，使他们欲与老爷相与便相与，欲与富豪拜盟便二十年就拜了盟，从而完成了对缺陷的补偿，对官山衙海的征服，证实了自己的不平凡。他们没有别的资本，靠的就是"话语"，这倒印证了后现代主义理论家的命题：话语就是权力的运作。

可惜谎话并不能保证他们对现实的事实性克服，他们在吹牛幻觉中的转败为胜很快就成了新一轮的胜转败，这种精神胜利法与阿 Q 是一伙的，是没有精神的精神胜利。

牛老儿和卜老爹

《儒林外史》中流淌着一股老年人的语调。大而言之，小说的叙述语调就是一个睿智长者俯视童稚、描述儿戏的声调，而且是一个笼罩全书的构成了常量的情调值。小而言之，长篇中再三出现从而构成了一个系列的"老教少"的人和事，尤为动人的是几篇临终遗言：王冕母、匡太公、娄焕文等人的"道德遗嘱"，几可视为《儒林外史》主题的点睛之笔。老年人的声词音调贯穿着淳朴的古典情调，很有风骨。郭孝子教导萧云仙是有名的章节，除了胡屠户教范进的那堆臭话听不得外，其他"老教少"的格言差不多都是吴敬梓在直抒正面的意见。

牛老儿、卜老爹没有用精辟、深刻的语言告诫牛浦郎什么，但他们那真情相向、相濡以沫的活法、那种道义境界，对牛浦郎及一切背叛了纯朴人性的堕落分子都完成了一种深刻的批判。也就是说牛老儿、卜老爹的出现，在小说中一是构成了一种生存景观，二是反衬着牛浦郎这类人物迷失本性、贪求虚誉的无谓与无耻。

作为一种生存景观，最现成的形容词便是：古风熙然——他们活得很有风骨、很讲道义。这两位老人商定晚辈婚姻的情景与鲍廷玺的婚姻构成强烈对比，鲍廷玺亲属为之议婚的过程及所娶的那位王太太都充满着恶浊的市民气，牛老儿、卜老爹之间赤诚的互敬互让则是一种高雅的君子风，尽管两位老人也是底层"贱民"，但他们的人品风范绝不低贱，反多"君子之行"。从物质面看去，他们是清贫的；从精神面看去，他们也是淳朴简单的，但那种真诚、朴实、高贵，已成了《儒林外史》世界中的稀有场面。

两位老者的个性并不模糊，牛老儿更显得俭而有礼，卜老爹则是个直爽快人："你我爱亲做亲，我不争你的财礼，你也不争我的装奁，只要做几件布草衣服，况且一墙之隔，打开一个门就挽了过来，行人钱都可以省得的。"牛老儿听罢，大喜道："极承老哥相爱，明日就央媒到府上来求。"卜老爹道："这个又不是了。又不是我的孙女儿，我和你这些客套做甚么，如主亲也是我，媒人也是我，只费得你两个帖子。我那里把庚帖送过来，你请先生择一个好日子，就把这件事完成了。"牛老儿听罢，忙斟了一杯酒送过来，出席作了一个揖。

尤为感人的场面是两位老人在新人成婚之夜，啜茶竟夜，只等牛浦郎夫妇五更天出来叩个头，那种意趣是牛浦郎终生也难以享有的。个中因素很单纯，就是两位仁厚老人安贫自好，而牛浦郎则是无功名富贵，却羡慕功名富贵。清贫不是污点，清白却是美德，尤为难能可贵的是在清贫时节清白依然！人要做到没有虚妄的念头很难，吴敬梓写这两位朴实、怡然、真情相向的普通人，就是为了表彰朴素无华、健康正派的人生境界。

牛老儿、卜老爹平凡并不平庸的人生境界对追求不凡却入庸烂的牛浦郎完成了最致命的"形击"。这中间也许贯彻着吴敬梓的文化性思考：何以二老不能"之乎者也"胡支扯叶，却俭而有礼、诚朴可敬，具有浓郁清香的古风高义，会读点诗书的牛浦郎倒是向往文化生活，却气杀他爷牛相又背弃了卜崇礼的外孙女，走向撞骗黑道！诗文本是提拔人心的，却何以坑陷了牛浦郎？一个贪图相与老爷的念头败坏了清白正派的生活。这里表达了吴敬梓的一个道德信念：别越位求荣、过本色生活。

他们与牛浦郎的差别不是个老与少的年龄差别，而是个有情义与无情义的差别，牛浦郎失去诚信，便破绽百出，乱七八糟，能力欲望分裂。卜老爹几番哭牛老儿，那股温情是人眷恋世界的理由，牛浦郎那般无情义，才有了一系列无耻之举。情义之有无决定了是超俗还媚俗。牛、卜二老按说是最俗气不过的小市民、小本经纪人，但他们一点也不俗气，不仅比匡大、胡屠户不俗气，而且比那些真假名士、纱帽老爷们一点也不俗气。性格诚实、为人淳朴本是普通德性，但因为周围伪巧之人太多了，这种朴素无华的人格便成了旗帜，成了高尚又正常的活法的象征。

鲍文卿

  《儒林外史》一书，其至精之义，尤在辨别德器（刘咸炘《小说裁论》）。吴敬梓从不像他抨击的势利之徒那样以身份标价格、分高下，始终是以人品定贤否的，而且由于他对上流社会失望，又特别注重用贱行（háng）中的君子风来侧击、反讽那些"君子"队伍中的贱行（xíng），于是有了身为戏子，而品德却是上上人物的鲍文卿。鲍文卿至诚遵礼，最合吴敬梓的心意。

  大块一戏场，古今一戏局；王八戏子龟。然而，身为戏子的鲍文卿却一点也不在生活中演戏，偏偏是个呆子！他当年的同行、演老生的钱麻子经过二十年的移风易俗，如今那衣饰、气派俨然翰林、科、道老爷，而且钱麻子自称眼角里根本不夹那些"学里酸子"。志在"凿破浑沌"的张文虎于此处评点道："今世读书人无甚异于戏子。"（天一评）看来至少从吴敬梓到张文虎时期的读书人，如戏子者正复不少。人们都在如戏场之大块中追求着易位效果，充分表演，以期"各得其所"。鲍文卿既为戏局一角色，自然也得登台演出，但他不是用流行道具，而是用真诚来进入角色，并无怨无悔地演到自己谢幕时。他没有那追求易位体验的"浪漫"、热情，在人都不安其位时，他偏偏守分到底，其呆迂简直是不可救药，太傻冒了。

鲍文卿最符合吴敬梓心意之处也正在这里，吴敬梓偏偏要树立这一形象以呼唤"傻子精神"。"傻子精神"是任何靠道德治天下，重信仰、观念，轻欲利的学派或个人都提倡、推重的。吴敬梓在公心讽世的同时，志在构筑一条道德长堤，以阻遏那弥漫于全社会的"五河县式"的势利风习，骂贪扬廉、斥邪树正、击妄拥诚，原为一体两面，吴敬梓也是双管齐下的。这诚、正、廉与那贪、邪、妄相比，便是市侩眼中的呆子标本了。在《儒林外史》中，虞育德、马二、杨执中、王玉辉都各有其呆，而鲍文卿作为一个戏子反而这么呆，便越发显得上上人品。

鲍文卿最大的呆气是不贪，这也是他的立身之本。他碰着嘴唇的不吃，到手边的不拿，坚守着"须是骨头里挣出来的钱才做得肉"这样一个极朴素又高级也艰难的信念。人人对利益趋之若鹜，他偏偏能够把持得住。那两个口口声声地叫"鲍太爷"，极尽奉承之能事的书办恳求他在向鼎面前说个情，只要答应去说就"先兑五百两银子"，却热脸贴在凉屁股上，被鲍文卿一番"公门里好修行"的宏论说得"毛骨悚然、一场没趣"。其实，这何尝不让所有"公门里损阴"的人毛骨悚然？只是这些人不毛骨悚然，吴敬梓和鲍文卿也都没有办法。鲍文卿就是讲求一个"正"字，如果那个人有理就不来求情了，如果出于私情处理了对方必委屈。道德与法律的内在联系亦于此可见一斑。崔按察司让鲍文卿去向鼎处领取按惯例存放的"正当"的款项，这本该是授受两欢喜的事，鲍文卿却坚拒不收，而且那理由也蛮新鲜，硬说那银子是朝廷给老爷的俸银，而自己是贱人，用了朝廷的银子非折杀不可。若是严贡生在旁，肯定会急出眼珠子来。向鼎起初给鲍文卿五百两银子只是为了了账，那时还谈不上"平等"的友情。鲍文卿的呆气感动了向鼎，遂有了以后一段"情缘"。鲍文卿公心之呆气，反而变成了情感、利益投资，这是儒家道德感动反而获利多多的逻辑，鲍文卿是出于自然，并非放感情债。鲍文卿是个戏子知道向鼎写过许多好戏文是个难得的才子，连施恩不望报也谈不上。因为面对的是知县老爷、朝廷命官，鲍文卿连"施"这个概念也没有，为向鼎在按察司面前说情，也只是敬重斯文、怜惜名士之意。

无欲则洁，不贪则诚，洁诚至，则其人正矣。所以，鲍文卿虽为向鼎之"帮闲"，却无篾片之惯态、劣迹。他对向鼎是自幼仰慕、亲炙为乐，绝不是为了揩油。《儒林外史》中那些可耻、可笑的人物，总因有一邪欲念，或贪财慕利，或于求名位，遂出种种丑态，而鲍文卿"安贫守分"，毫无邪欲，不求分外之财，更无其他虚荣心。于是，在吴敬梓和向鼎的眼里，鲍文卿便成了"傻子精神"的表率，用他们的原话就是君子之风。

如果说鲍文卿对向鼎的态度还暗中有个"朝廷的规矩"在为纲支目，那他对倪老爹倪霜峰的态度，纯粹是"仁者爱人"古训的最佳例释。诚如"天一评"所云："文卿不可及。"他们陌路相逢，真心相待，商量修补乐器的过程，事虽极琐碎，却很动人。鲍文卿绝无居高临下的雇用观念，更无刻薄心理。酒楼上二人的晤谈，既可视为"读死书"之斯文人的祭文，又是鲍文卿慈心热肠的别传。鲍文卿对倪老爹是真正的仁至义尽，料理完倪老爹的后事，"自己去一连哭了几场"，一如向鼎哭"老友文卿"！鲍文卿对上不谄，对下不欺，待人至诚，性情醇厚，堪称君子，当得起"义民"。

向鼎给老友文卿题写铭旌时，只是展示着向鼎不俗的情怀，并未说明鲍文卿什么。而当季苇萧之父季守备以与梨园同席为非、脸上不觉有些怪物相时，向鼎讲的那一番话却是真可以当作鲍文卿的"墓志铭"的："而今的人，可谓江河日下。这些中进士、做翰林的，和他说到传道穷经，他便说迂而无当；和他说到通今博古，他便说杂而不精。究竟事君交友的所在，全然看不得！不如我这鲍朋友，他虽生意是贱业，倒颇多君子之行。"

吴敬梓给鲍文卿面子不小，由这样一个戏子带入全书进入南京这个大舞台的隆重描写。鲍文卿刚返南京，看见钱麻子那样的屁精戏子与儒生衣着、座次等外观上的倒错时，他好不受用，因为戏子"越位"犯规了。他不抗议朝廷和传统对于戏子的歧视性规定，反过来捍卫这个规定反感钱麻子这类人的离经叛道。同时，世上还有另外一种颠倒，就是进士多"名儒而实戏也"，鲍文卿却"名戏而实儒也"（《儒林外史》卧评）。"义民"鲍文卿也佐证了杜少卿的判断：那学里的秀才未必好于奴才！把教养里的辞藻当了真的，恰恰是鲍文卿这样的戏子。这极为深邃的讽刺，不是笔墨书写出来的，而是由那个充满"倒挂""错位"的世界本身的荒谬性构成的。

鲍文卿的"君子之行""平生的好处"，简而言之，即"安位守分""仁者爱人"。他以古道热肠去真情待人的仁厚精神是感人至深的，他那洁正不贪的做人原则也是针砭那无耻之徒的药石。道德治天下，关键在于自律，那个"无智、无聊、无耻"之"三无世界"的活宝们已无自律之本基，全社会的颓风已无情宣告：儒家道德治天下的传统是失效了。可是吴敬梓还在鼓吹守分思想，并向往用古礼古乐为"末世之一救"，这就显然是一种真正的呆气了。吴敬梓肯定、表彰鲍文卿恭谨地遵守礼法，从不越奴隶之位的意图，再清楚不过地披露着他那世家公子的遗风、对"朝廷体统"的维护。而且在全书中，吴敬梓一直把"守分"与否，作为划分"贱行"中君子与小人的一条标准。这些都证明着吴敬梓还"束身于名教之内"。

向鼎

向鼎在宦海中的境遇让我们感到命运几乎是被偶然性支配的，向鼎的风格让我们觉得能够真诚爱人的人是幸福的。

人活在他人的目光中，在你还浑然不觉时，陷阱可能已构成。也许在一夜之间，知县被参、知府被摘了印，再度回到赤条条来时的一无所有的状态，往昔的繁华成为不堪回首之梦境。生存是一场不能自主的放舟，尤其是在宦海之中，更是要无风起波的。向鼎判了两件刁讼，是简明无误的，判牛浦郎被控一案，有些潦草，但也够不上"昏庸不职"。上司并不知道向鼎是受了董瑛的嘱托放了牛浦郎一马（当然这是吴敬梓串联人物和情节的惯用办法），然而他就是被"特参"了。倘若向鼎不是通才，不会写曲词，则失去了鲍文卿这个救星。假若鲍文卿是个记不住作者的读者，是个不敬重斯文的钱麻子那样的戏子，是个不会真情向人的刁蛮之徒，向知县恐怕就要沦落为平民百姓了，可怜巴巴地用二十年生命才熬到手的一个知县在顷刻之间就会被没收回去。任何个人在予取予夺的社会里都是被决定物！似乎有一种叫作命运的东西冥冥之中操纵着一切。

性格就是命运。向鼎如不是有真性情的文学人士，当然写不出曲、词，也不可能是个名士，但也可能正因为没有这些，相反因具有了冷酷奸诈的心性而早已高升。失于斯，得于斯，冥冥之中亦有必然性，这便是性格所派生的与他人的相互选择性。向鼎与鲍文卿也是个相互选择的关系，也走了一段互相选择的历程：鲍文卿亲自送去崔按察司的信，又不接受向鼎五百两银子的谢金，就是为了兑现那份自幼仰慕的好奇与敬重心，欲一见其人。向鼎对鲍文卿从感念终于发展到人格的吸引与尊重，还是因为二人在精神上有契合之处。

这两个人都施恩不望报，重情义，不言所利，而且都有知人之哲。他俩不是酒肉朋友，也不虚文应付，连接地位悬殊之两端的纽带是精神上的理解与共鸣。向鼎作为学而仕者，深知官场上花面逢迎、人情似鬼之丑鄙，所以尤为珍视这位贱行中的君子朋友。向鼎在季守备面前评价鲍文卿那段话，也是向鼎本人"事君交友"原则的声明。那些中进士、做翰林的视传道穷经为迂而无当，诬博古通今为杂而不精。这些人已经偏失了儒之本义，已与古之君子形成一种古怪的对照，他们的"生意"虽然是儒业，但他们本人早已不是儒了，早已名不副实了。鲍文卿也是名实不副，因为他虽处贱业，却颇多君子之行。向鼎不被名相所惑，指取本质，这是他最为卓异之处，他也是在作为吴敬梓的代理发言人揭露颓败的世风，呼吁建立以人品分高下的价值标准。官本位的封建社会，所有的名利、荣誉都是身份的附着物，都是跟着身份走的，向鼎具有卓识，所以能"自风流"，是真名士。

庸常之辈只能活在流俗信仰中，活在时髦的"闻见道理"中，活在僵死的教条中。向鼎能理解人，不上"观念幻觉"的当，能不受俗物俗规的羁勒，尊重自己的真情本性，从而具有了较高的人性水平，从而能够平等待人。作为等级制度的既得利益者，向鼎轻等级的风度弥足珍贵，他绝不是那种在狼前是羊，在羊前是狼的丑陋的人。向鼎对待鲍文卿的态度与身份的反差显示出他的人性水平。他们之间不是太守谦光、戏子得体、贤主嘉宾的问题，而是在茫茫人海中终于找到了可以兑现真诚的对象这样一个深层次需要的问题，向鼎对鲍文卿不是一般的感念、还账，而是一种名叫"友谊"的情感。

"向观察升官哭友"这个回目就很有意思，非但不是人阔脸变，反而好像他升官就为了哭老友似的，书中的情节也的确如此。吴敬梓这样处理就是为了突出向鼎对鲍文卿那份超越身份、等级观念的真情。在死别恸哭之前，还有生别"挥泪"的场面，无论是道台，还是府守，对一个戏子能如此，该是颇有刺激性的"新闻"了。我们不妨比较一下向鼎两次赠银的细节。第一次时，向鼎说："你是上司衙门里的人，况且与我有恩。"这是初见时的情形，那意思一是敬畏，二是感激。第二次时，向鼎是这样说的："这一千两银子送与你，你拿回去置些产业，娶一房媳妇，养老送终。"这是相处一年多以后生离时的心情，这平淡朴实的字里行间，流淌着骨肉般的温情。鲍文卿还要推辞，向鼎说："你若不受，把我当作什么人！"那潜台词是：你应该知道我不是贪官污吏，这钱不是那么太肮脏的；我也不是报答你，也不是给你结算佣金，我给的不是钱，这只是我的一种抒情方式而已。向鼎陛见回来，从南京过就为了会会鲍文卿，而鲍文卿已成故人——世间再无鲍文卿！这应该再次使向鼎感到"富贵寿考无凭据"！他执意要到灵前去，"鲍廷玺哭着跪辞，向道台不肯，一直走到枢前，叫着'老友文卿'恸哭了一场"。黄小田情不自禁地评论道："四个字有无限深情，我阅之亦欲恸哭。文章之感人如是惟真也。"当向鼎给鲍文卿题写铭旌，落款"老友"时，黄小田又评道："今之大人先生敢为之乎？"而对向鼎来说，此时写出"老友"，只是一个非常简单的动作，既不用思考、更不用踌躇，是一种水到渠成般的"名至实归"。

这是一个真情的"场"，是作者最为心仪、最为珍视的。在《儒林外史》中，与此相类、感人至深的，还有秦老对王冕、牛老儿与卜老爹之间、甘露僧对牛布衣、杜少卿对沈琼枝，那种真心相向的情义"场"，真是势利风习中的别一世界，漾溢在他们身上的人性，与那个"无智、无聊、无耻""三无"世界中两腿无毛的动物身上的"性"，毫无疑问是两种不同的东西，用个大而无当又不失忠厚的字眼就是：两种文化、两种活法。他是做一个谄上欺下的势利之徒好，还是做一个人性不受污损的人好？吴敬梓正是在向鼎这样经得住"文行出处"综合考查的人身上寄托着一份顽强的希望：但愿有更多这样的人来推进文化和道德事业，做人要做这样的人。

向鼎的戏不多，但给人留下了难以忘怀的印象。在全书中很好、很全面地解决了文行出处问题的人，似乎先是他，后边又出了个真儒虞博士，那位虞博士又有点被吴敬梓"状其浑雅而近于空洞"的"味道"所调和。因为吴敬梓缺乏足够的意识资源，尤其是缺乏来自潜意识的支撑。如果说杜少卿之奇，体现了吴敬梓的"狂"气的话，那么，向鼎则体现了吴敬梓潜意识中的为官之道。向太守的府中既没有蘧佑的"三声"，更不会有王惠那"三声"的，他对那个世界基本上是淡漠的、无可无不可的，决不会像对情"场"那么投入。可以设想吴敬梓当了官也很可能是这样的。希望以礼乐兵农振兴社会，恐怕只是吴敬梓的理想，汤奏、肖云仙的举措是吴敬梓也做不到的，所以他们就远远不如向鼎这么真切动人。向鼎似乎是全书中唯一没有弱点的人物，他没有虞博士那种"超凡入圣"的古老性，也不像"平居豪举"的杜少卿那么贤否不分。我们似乎可以说，向鼎的形象为我们阅读《儒林外史》这部展览了众多人物、干预灵魂、志在回答人怎样生、路怎样行这些永恒问题的大书，提供了一个不偏不倚的坐标，使我们借以能清晰地排列出其他各色人等的位置来。

王太太和沈大脚

　　《儒林外史》是一部卓越的风俗喜剧，对文人的讽刺始终也没有脱离对他们脚下的"土壤"的攒击。从周进与薛家集开始，吴敬梓写"土壤"的一脉不但从未断过，从文字总量上还大于对儒林的描写，这是吴敬梓命名"外史"之本意。古代中国的士子是在官场、乡场或市场来回转的。乡场、市场中的人也知道这一点。所以，书中除了八股精，还有马屁精、钱屁精，自然也有王太太这样的搅家精、沈大脚这样的揽事精。江山是这些精怪的江山，天下也是这些精怪的天下。

　　就说这位王太太吧，她是怀着嫁给举人的喜悦心情来到鲍家的，尽管她已是嫁过两次人的寡妇了。王太太新婚后，不见丈夫戴纱帽，只戴瓦楞帽，他晚上去做夜戏，她以为丈夫是去字号里算账。王太太这种简易推理说明不拿薪水的举人做生意是较普遍的现象，举人王惠当官前自称有碗现成饭就是因他有几爿店。

　　鲍廷玺这个举人固然是沈大脚封的，不算数，但王太太的家私却是实的，鲍廷玺的师傅金次福形容得相当解馋："大床一张，凉床一张，四箱，四橱，箱子里的衣裳盛的满满的，手也插不下去；金手镯有两三副，赤金冠子两，珍珠、宝石不计其数。还有两个丫头，一个叫荷花，另一个叫采莲，都跟着嫁了来。"说得如火如荼，麻倒了鲍老太太。"手也插不下"一句是尤为天才的一笔。有枪就是草头王是土匪的哲学，有钱就要当女王是王太太的逻辑。沈天孚及其夫人沈大脚合作给王太太述写了一篇完整的"大传"。沈天孚要吃烧饼才讲，此举堪可入《智囊》。他作的《王太太传》突出王太太"作威"的派头；做小老婆，谁叫她"新娘"就得挨骂，要争当"太太"，却被真太太一顿嘴巴子给打了出来，"太太梦"初次受挫。王太太嫁王三胖子终于遂了心愿，便绝不浪费太太的身份，"做太太又做的过了：把大呆的儿子、媳妇，一天要骂三场；家人、婆娘，两天要打八顿。这些人都恨如头醋。"沈大脚的《王太太传》突出了王太太"作福"的风光："他每日睡到日中才起来，横草不拿，竖草不拈，每日要吃八分银子药。他又不吃大荤，头一日要鸭子，第二日要鱼，第三日要荬儿菜鲜笋做汤……上床睡下，两个丫头轮流着捶腿，捶到四更鼓尽才歇。"总之，是一把"天火"——沈天浮一语破的："若要娶进门，就要一把天火。"

　　世事的因果是多元的。鲍文卿死了以后，他的夫人和女婿不再具有鲍文卿的平等慈了，不怕这位半路插进来的财产继承人被天火烧了。吴敬梓就是要写各色人的企图，沈天浮夫妇图财，收取中介费是职业，上下其手是专业，理故宜然。老妇人贪财，娶个媳妇不但不花钱还能发财这是最合适的。她女婿以让丈母娘为根本宗旨："若说女人会撒泼，我那怕磨死倪家这小孩子！"果然，老妇人愿意来个辣躁"制着"这个"傲头傲脑"的小厮。鲍廷玺怕王太太这样的淘气，主张娶个穷人家的孩子。被老妇人揭根揭底地一顿臭骂:"你到底是穷人家的根子,开口就说要穷!将来少不得要穷断你的筋!像他有许多箱笼,娶进来摆摆房也是热闹的。"于是,这就热闹了。已经嫁过两次人的王太太没有任何将就省减的意思,择偶标准令职业媒婆觉得不可思议:"又要是个官,又要有钱,又要人物整齐,又要上无公婆,下无小叔、姑子。"王太太不但不想给鲍老妇人行礼,还自称太太,鲍老太太接受不了了,她单想"许多箱笼"没有想到这一层吗?鲍老太太以为利归己,害归小厮,没有想到"天火"一烧,自己也难逃。

鲁迅先生说过,作威须别人不活,作福又须别人不死。从胡七喇子——新娘——王太太,直到鲍相公娘,这位威福成性的女人终究没有得到过幸福,不是因为别的,正是因为她威福成性。最辉煌的岁月是那一年货真价实的王太太生涯,却又在她打人骂人中度过了。嫁了个戏子,对她是致命一击,也是绝妙讽刺。威福成性的人是相当容易受到挫伤的,其心理也相当脆弱,胡七喇子挣扎半世,最后弄了个失心疯,作为具体而微的人证,真是天下独裁者的殷鉴。"周进之跌倒以怨,范进母子之跌倒以喜,王太太之跌倒以怒;合而言之曰痰。"(天一评)注意,这里说的"痰"不是医学语义的,而是精神心理意义的,是"唐三痰"的那个"痰",不能正确思维、鬼迷心窍之不开窍之谓也。

不过,威福毕竟是后天加添,当后天减去时,威福成性的人也得活着,她(他)们表现出极强的适应能力。尤为有趣的是,王太太"财来病来,财去病去",鲍廷玺意外得到他哥馈赠的七十两银子,本来已因没钱吃药而病好了的太太又"啾啾唧唧的起来,隔几日要请个医生,要吃八分银子的药"。"卧评"说:"天下妇人,大约如此。"其实是作威作福的痰性人大约如此，正不独妇人也。微服私访的皇帝饿久得食农家饭的那个香劲儿也就是这个道理。总得活着，又总是找碴儿生事，便是这类没有形而上水平的痰性人的总账。王太太只是以粗鄙的形式扩大了这种习性而已。得势时骂人，失势时更是咒骂不止，老天爷也没办法，鲍廷玺更不是位改造世界的英雄。就算他是位英雄，能改造得了王太太吗？可以肯定的是，他改造不了。他要是万岁爷了，就更改造不了了，因为王太太的脾气正是皇后、太后的脾气啊。他要是个歹徒，事情就简单了，王太太是可以打服的，如果王太太不改，鲍廷玺会简简单单地杀了她。平凡孱弱的唯有忍受而已。鲍廷玺在向知府家中当新郎时的"兴"与堕入王太太手中的"衰"是足以说明"天下事盛衰兴废迁变无常"这则古训的。其原因之一就是像王太太这样的流氓太多了。

如果说王太太是独裁型的流氓，沈大脚则是政客型的流氓。政坛有政客，市井有媒婆，上下一体，连类象形。政客不算国粹，媒婆却是特产。这类"撮合山"上秉策士纵横捭阖的遗风，下合两面光滑之揩油艺术——怂恿成局以图酒食。他们那朝气蓬勃的献身精神，却只是为了谋利，而且是坦然地毫不利人、专门利己，表现出来的却是诚挚地毫不利己、专门利人。这是另外一种痰性。此痰性是贪微利、嗜揩油的贪婪之性，而且只见贼吃肉，没想或者根本不想贼挨打那回事。沈大脚那生花之口被王太太抹满了屎尿，正是其贪欲而导致了这种痰性的结果和报应。痰痰相碰迸痰性，相互生发无绝期！

沈大脚被王太太抹了一脸一嘴的屎尿，又被鲍老太太指着脸骂了一顿，洗了洗脸，像落水狗上岸耸身一摇，虽然没情没趣地走出鲍家，却又兴致勃勃地投入杜慎卿的纳妾工作，可谓无怨无悔不改其志。大概是中饱四样首饰的收益不但抵消了两边受惩罚的痛苦，还有余力鼓舞沈大脚去继续撮合、穿梭。至少这种人真是利益的动物，贪利这股痰性是劫火难消的。

《儒林外史》中的女性都是经过精选的代表，不像《金瓶梅》那样让她们随随便便重复出场。严致和的妻妾描画着家族、家产、嫡庶等社会图景；鲁小姐、王三姑娘揭示了八股、礼教对人性的摧残；王太太与沈大脚则展现了市井女流氓——喇子和骗子的身姿。王、沈二位是远离官场、文人生活的，但构成着《儒林外史》摇曳的风光：王太太恣睢得辛苦，沈大脚两头瞒落点银钱也落一嘴屎尿，她们不是乱世女儿情的戏，她们是平民世界中的枭雄，王太太好乱乐祸，不怕事，不嫌自己麻烦，自尊太过；沈大脚毫无自尊，类似于卖吃不死人的那种假药的，比《水浒传》中的王婆好一点。《儒林外史》的男性也各有特色，但他们多是"细民"，细在人格上。周进施教薛家集，方盐商大闹泰伯祠，范进屁股后永远跟着个胡屠户，景兰江等扬州名士与那些盐商间的或正或反的形击……生活是个整体，儒林中人是整体中的一分子，生活是杂色的。夏志清说《儒林外史》："倘若没有环绕于周围的社会生活的喜剧场面，那么对文人和官吏的讽刺就要减色不少。"

杜慎卿

　　杜慎卿比蘧公孙更是公子王孙，比娄三、娄四更是文化人，比那些名士更是诗人骚客。他也应考，但不是八股精，不用挤那条科举的楼梯也已在社会上层，他对官场也不那么感兴趣，他瞧不起醉心科举的狭隘的俗夫，他时时保持着的是一种极其自恋的角色意识：风雅不俗。杜慎卿以游览名胜、评判演员、谈诗论艺的闲聊方式成为引人注目的名坛领袖。他几乎始终生活在逃俗而俗迫的纠结中，成了一个"镀金的俗人"。富足而一无所缺的生活却使他格外地精神空虚。尽管他有些才情识见，但也同样与那些愚蠢伪妄者一起跋涉在无聊的长旅中。

　　杜慎卿的一生既没有遭受巨大的失败，也没有有价值的痛苦。他最大的不可排解的痛苦是找不到一个"知心情人""假使天下有这样一个人，又与我同生同死，小弟也不得这样多愁善病！只为缘悭分浅，遇不着一个知己，所以对月伤怀，临风洒泪！"连俗不可耐、穷极无聊的季苇萧居然都有了嘲笑杜慎卿的资格："他已经着魔了，待我且耍他一耍。"季苇萧居然像孙悟空捉弄猪八戒一般，让杜慎卿去会一个肥胖油黑，还有满腮胡须的"妙人"。这种意外的

"逆转"使读者看清了杜慎卿"万斛愁肠，一身侠骨"的"慷爽气"的全部内容：不过是对"男风"的情意痴迷罢了。然而，杜慎卿还说季苇萧"做得不俗"，所以饶他一顿肥打。由此，我们知道了杜慎卿所追求的"不俗"是些什么内容。至于早被人指控的前庭骂女人臭，后门又纳妾的具有讽刺性的对比行为，在他来说，那是在委屈自己，根本意识不到自己在暴露自己。这是极成功的不露痕迹的"自然讽刺"。他之"才而跳荡""轻世傲俗"只是以一种俗气傲视另一种俗气罢了。由于他永远自我感觉良好，已经失去了觉醒的可能，今生难得超度了！他也不需要超度，自恋就是他的神灵。

杜慎卿几乎除了自赏风流外就是风流自赏。吃一口板鸭竟呕吐了半日，尽管有人议论他"才情是有些的"，但他依然生活在没有任何价值根据的浮沫中。他身上没有道德反省的焦灼，也没有淑世悲愿，他做的唯一一件大事，就是花钱如流水地在莫愁湖"选美"，标榜优伶。鲍廷玺跟杜慎卿要点钱组建戏班子，他就一毛不拔了，说要留着钱供自己进京科考，这也罢了；把鲍廷玺转嫁给杜少卿，还说就当是我给你的一般。多么世故精明，哪有名士的风流倜傥？杜慎卿一直都显示着一副贵妇人般的慵懒气，唯有找莱露士和举办莫愁湖大会表现出了难得的激情。看来这就是体现他的生命需求、人生目的的代表性壮举了。然而，其意义呢，固然不敢以无意义一笔抹杀，因为它提供了古时文人养妓玩戏子的"文雅"史料。如果说"二进"诉说了那个社会"锢智慧"的功德，匡超人、牛浦郎等的人生历程揭明那个社会"坏心术"的奥秘，那么，在杜慎卿的风流举动中则报道了那个社会"滋游手"的事实。

杜慎卿的慵懒自负的名士气，是他人生没有目的的证明。他摇摆于科举道路与名士风流之间。中了举，则为官，他虽与此道不甚热衷，不会为此贡献他全部的"万斛愁肠，一身侠骨"，但还是将此作为前途，一个"诗赋卷首"的胜利成就了他"江南名士"的荣誉。历经风流的漂泊，杜慎卿最终还是选择了进京做官的道路，而且不惜重金去"捐"，这与他在骂女人臭的同时纳妾如出一辙。我们可以相信，若不中，杜慎卿不会撞号板。他有足够的经济实力继续"玩"于诗酒风流的世界中。在名士谱中他是入流的，是可以及格的。与娄家公子、景兰江等假名士不同，他有几分才气和见识，评说政史、诗文，足以使萧金铉那号初级名士"透身冰冷"。吴敬梓对这位"堂兄"的才华还是承认的，有时也借他之口表述一下自己的见解。尽管如此，要为一代读书人进行灵魂检讨的吴敬梓还是写出了这位潇洒风流的"名士"生存在无根据、无目的中的空虚、无聊。吴敬梓赏识其"文"，鄙视其"行"。在《儒林外史》这道德的"秦镜"中，杜慎卿那"面如傅粉，眼若点漆，温恭尔雅，飘然有神仙之概"的形象并不比满脸皱纹的秦老、牛老儿、卜老爹等无"文"有"行"之人光辉、有价值。

随着长篇的人生画卷的展开，我们渐渐看懂了"才而跳荡"的杜慎卿之所以无聊、无根、无目的，是因为他不能像杜少卿那样与贤人发生精神上的呼应、沟通，缺乏责任感，又没有唐伯虎等明代才子的个性解放的冲动，只有与现实不矛盾的怡然自得的风流自赏。一般来说，中国古代的读书人兼具自我抒解与人间关怀两种情结，即使是隐士也是多有待时而动、出为王者师，以及心存巍阙、忧念民生者，那些走终南捷径的还不算。而杜慎卿呢，却只有"酸气""姑娘气"。

他的性格可以说是一种"玩性格"，呼吸含茹了中国"乐感文化"之精髓的玩性格。"进"亦玩，"退"亦玩，广接四方宾客，清谈酣醉、留恋时光、吟诗作文是玩；寻找男风、纳妾选美是玩，不仅玩别人，也在玩自己。雅的俗，俗的雅，以庸俗为浪漫是他的总账。杜慎卿在自我满足的虚荣中过着空洞无聊的生活，兼有闲得发腻的纨绔子弟与搔首弄姿的斗方诗人的恶俗和造作。他固然没有什么善行，但也没有多少恶德，若在明清间的"才子佳人"小说作家笔下，他会更加风流多情。不幸得很，杜慎卿撞上了具有强烈道德感、要执行空前严峻的人生价值反省的吴敬梓！"在太阳里看见自己的影子，徘徊了大半日"，这是杜慎卿自作多情、缺乏豪情的代表性镜头。别指望这样志行薄弱的知识者去振兴社会，他们只能在幻想的清高中顾影自怜地、毫无意义地消耗着生命。这种人生样态对淳真健康的人生完成了一种败坏。如果说性格就是以行为为基础的追求体系的话，那他的追求体系即是用夸张的、风雅的庸俗来掩饰、代替平凡的庸俗。这个特性何尝不能囊括许多"灯红"对"酒绿"的旧文人？这种人虽然最善调笑，却绝不迷人，只是一种美妙的丑陋。

季苇萧

　　季苇萧是真名士，还是假名士？这本身只是个"得失寸心知"的事儿，至少其分野是相当模糊的。

　　《儒林外史》中那些如过河之鲫的假名士都认为自己是名动一方的大名士，没有一个持谦虚谨慎态度，而且他们彼此之间都慷慨互赠大名士封号。如季苇萧封辛东之、金寓刘二位是"扬州大名士"，转眼辛东之又向季苇萧介绍了两位：来霞士、郭铁笔。在这之后，这两位又像所有的名士一样不满现状，一肚皮牢骚气："我们同在这个俗地方，人不知道敬重。"（《儒林外史》第二十八回）好像他们到了雅地方，人们就能识货了似的。他们还真承受着不被理解的苦闷。就说真名士如杜少卿，不但小说中人物直接将他与娄三、娄四等量齐观，后人也有如此认为的。因为杜少卿与他们在不择人而交、甘当大老官等方面都有相同之处。在才情见识方面，杜慎卿与杜少卿也无什么一目了然的区别。所以，与二杜同好的季苇萧，人又聪明伶俐，不乏隽语，不当八股奴才，不满口相与天下权贵，比景兰江、杨执中等多出许多才情，几乎可视为真名士了。

　　然而，季苇萧却是一个从头到尾充满了"帮衬智慧"的揩油士。他油滑浮薄，胸无定则，更莫说什么是非曲直，他的才情成全了他随机主义的节节胜利。譬如，停妻娶妻是封建道德、法律也不容忍的罪过，他却把它串演成"清风明月常如此，才子佳人信有之"的潇洒风流戏，入赘扬州了。他到南京，与杜少卿第一次见面，便"豪迈"地提出："这买河房的钱，就出在你！"（《儒林外史》第三十三回）这已然使人想起应伯爵来了。而且季苇萧既然与杜少卿如此一见如故，同气相求，当高侍读诋毁杜少卿时，季苇萧该仗义执言，或至少分辩几句，却默然认之。过后，迟衡山论析此事，想替杜少卿挽回点影响，季苇萧更是一派无是非的乖巧相！"总不必管他。他河房里有趣，我们几个人明日一齐到他家，叫他买酒给我们吃。"（《儒林外史》第三十四回）这种乖巧不正是乡愿道德与名士习气的合成吗？这种风流乡愿不是占尽天下便宜吗？见利则毅然前往，见害则避之唯恐不速，这是司空见惯的"无害反中庸"的人品。固然比杀人、为害人的反中庸分子柔善些，但这种人也永远无法充当"社会的良心、人类的理性"，他们既不可能构成任何一种政体的良好的社会，更不可能成为变革现实的催化剂，因为这类人无根性。

像这类风流乡愿，绝不是什么标准儒生。他们可能压根就没有真正相信过儒家经典文献，他们受到的文化环境的影响，简而言之就是"中庸"变成了"乡愿"的那一套东西；他们受到的社会环境的影响，便是如何风流、舒服、痛快。跟他们要道德根性、价值标准，那简直像跟乞丐要黄金一样。他们所秉持的文化没有棱角分明的内容，他们内心中绝没有"道"与"势"断裂的痛苦，理想与现状相抵牾的紧张、焦虑。

别看季苇萧们是会之乎者也的"士"，但在社会结构中却是无业游民。那个社会没有给他们摆出一碗现成饭，那个宗法制农业社会，以停滞为美，以不强调社会活力为特色，所以不会吸附、利用这类"流动资源"。季苇萧的父亲是个"武两榜"，与向鼎是同年，官至守备，鲍文卿当年曾说这个美貌少年将来不可限量。季苇萧一度是荀玫的幕僚，管瓜州关税，使他有了重婚的本钱。无奈荀玫犯事给摘了官，皮之不存，毛将焉附，季苇萧来到南京，其实是那种"此刻不知下刻的命"的漂泊者，却过着诗酒风流的小日子。季苇萧靠的是什么？社交。社交本是有职业者的副业，却成了这类无业文人的职业。季苇萧的才情文名达不到庄征君、杜少卿那种卖文为生的水平，他的书法不能像辛东之那样卖大钱，还不如郭铁笔有一技养身。他的那碗现成饭，都谋于"社交"中，让杜少卿给他出房钱即是一例。他们也想得开，利不求大，只要能有饭吃；名不要高，成为个地方性名人即可。谁的饭都可以吃，跟谁在一起吃都可以，虽不能随心所欲，却做到了随机应变，本没有什么规矩可守或可逾。附荀玫、会杜慎卿、依杜少卿，一派"奔走道途，又得无端聚会"的气象。

　　聚会当中，季苇萧加入的只能是一张嘴，既算投资——说话，逗乐主人和众人，也算取利——吃饱肚子。他语言俏皮，油滑生动，是个插科打诨的高手，常有笑语生风的效果。他具有良好的帮衬角色意识，所以他不去争主讲，而是善于引发主人讲。譬如说，《儒林外史》第三十四回中杜少卿说诗那一段，我们能在这一著名段落中看清文人聚会——大而言之中国文人们的"以文会友"的实况。季苇萧一行来到少卿家，季开门见山："不是吃茶的事，我们今日要酒。"杜少卿依然大老官姿态："这个自然,且闲谈着。"迟衡山要请教"吾兄说诗大旨",是纯儒的关怀;萧柏泉问"先生说的可单是拟题",是选家口气。马二先生道："想是在《永乐大全》上说下来的?"这则显然是只会读《纲鉴》的水平。这真应了一句俗语:什么鸟便只出什么声。萧、马二人是"公众讲法",显然是那个社会中一般读书人的眼界、心胸。杜少卿分析《诗经》的那一大篇话,虽是"闲谈"形式,但不是公众意见,是他独具的不媚俗的思想见解,所以是"言谈"而非闲谈。当杜少卿讲道："据小弟看来,《溱洧》之诗也只是夫妇同游,并非淫乱。"季苇萧能立即将言谈变为闲谈:"难怪前日老哥同老嫂在姚园大乐!这就是你弹琴饮酒,采兰赠芍的风流了。"在取得"众人一齐大笑"的噱头效果时,也将杜少卿那高档次的情怀投入常人的世俗的理解中去了。属于季苇萧个人的"声音",便是那套"才子佳人,及时行乐"的风流经,遗憾的是这也并不是什么个人的声音,而是泛滥了几千年的"闻见道理",只是这个"在场"中,他坚信之、高呼之就是了。季苇萧劝杜少卿娶个标致有才情的如君,引发杜少卿又讲了一篇不许纳妾的反男权至上的议论,结果又被季苇萧一句"风流经济"给总结死了,最后酒足人散。

战国时期策士们的四处游说是一种"话语的权力",两汉清议、明末社党中的党人议论别是一种"话语的权力",就是魏晋的清谈,也是"微言一克",偏偏《儒林外史》中的士子们,除了贤人偶有正声、奇人发些"怪论",剩下的都是"废话一吨"。季苇萧们的"闲谈"若用存在论来解释,便是"此在的沉沦"。他们以闲谈为主要形式的社交暨文化交流,并不妨碍他们进入那个被他们反复嘲讽的世俗社会，反倒是大开了方便之门。就某种意义来说，讲《儒林外史》就是写了文人的闲谈，如果说语言是存在的家园，他们的家园可够鄙陋的了。那些无业文人和有业无聊、有官位无根性、有钱无耻的诸色人等只是在吹牛撒谎、插科打诨、胡枝扯叶，所谓的闲谈便是他们与世界发生牵连的基本样式，他们被自己的话语封闭了起来，这种封闭是以交往、交流为形式的，其实却是以不断被除根的方式而在生存论上除了根。他们相互之间培养着漫无差别的理解力，却都拥有着被平均解释状态的自明与自信，不再承担领会真实、真实地去领会的任务，恭维别人以换取回赠，于是其乐泄泄地"玩"下去。

当然，季苇萧的插科打诨绝不是下三烂。不过，我们没听见季苇萧骂过谁，倒是见他逢人便恭维，慷慨仗义，不吝辞色。兹举季苇萧从心眼里钦佩、但毕竟是恭维的一例，这便是初见杜慎卿时，他说："小弟虽年少，浪游江湖，阅人多矣，从不曾见先生珠辉玉映，真乃天上仙班。今对着先生，小弟亦是神仙中人了。"(《儒林外史》第二十九回)一般人会表示自惭形秽，季苇萧却把自己也拉入仙班，吹捧杜慎卿有论证色彩，感情上也很投入，所以显得文情并茂，遮掩了肉麻色彩，应了杜慎卿对他诗作的评价："才情是有些的。"两人一见如故，极其投合，玩兴、玩法也是息息相通。杜慎卿是假名士中的佼佼者，深于文词，富有才情，非斗方公能比，也厌恶开口纱帽、闭口状元之类的恶谈。在这些方面，季苇萧也都胜过包围着杜慎卿的其他人，所以他们二人能"谈心"，讨论些"山水之好""丝竹之好"，最后落到"情"字上，季苇萧已是个开口才子佳人、闭口及时行乐的人了，杜慎卿则层楼再上，追求"更胜于男女"

的"朋友之情"。于是，季苇萧投其所好，又是"耍他一耍"，以揩油士的二丑艺术导演了杜慎卿与来霞士的"高会"。在新奇就是不俗的假名士玩法中，季苇萧的策划给了满斛愁肠的杜慎卿开心一笑。于是，二人策划品题戏子的"玩法"，差点把季苇萧"乐死"。这也与贤人与真名士策划的大祭泰伯祠构成一种象征性的对比：两类人，两种活法。从追求人生之"趣"上讲，季苇萧辈活得的确有趣，但他们只是"玩主"。

季苇萧初见杜少卿便说："少卿兄挥金如土，为什么躲在家里，不拿来这里我们大家玩玩？"无耻地把别人当冤大头，杜少卿要反问一句："凭啥？"季苇萧当何以堪？这个人的感觉很"对"，从来没有碰过钉子。这个以玩为主、兼学别样的乖狗头，无往不玩。季苇萧在"玩性格"这一点上与杜慎卿真是知己，与杜少卿也可相合，但毕竟不是同类人，季苇萧没有杜少卿那种文化性的苦闷、强硬的个人主义气息。当然，季苇萧也去参加了大祭，而且在服务人员中名列前班，因为他后边是更等而下之的金东崖、季恬逸、臧荼之流。季苇萧当个名士也是有道理的，如同兔子比老鼠怎么也可爱点一样。

季苇萧生活得如鱼得水，以游民活法过着中等生活，优游自在，生活在闲暇中，他的时间可以说都是自由时间。然而，他身上并没有什么自由性，因为他已不把创造当作生命的本质，也不把责任视为生命的意义。他作为一个喜剧人物，他身上没有特殊的邪恶和愚蠢，他的形式和本质也没有什么对立性的矛盾，甚至可以说，他不具有分裂性人格，也没有"士不遇"的悲慨。什么独立不移、淡泊自守、洁身自好、腹有实学这些古士君子风，便更与季苇萧绝缘了。他既无学博气，也无进士气：既不呆，也不迂，更不腐，但他缺乏一种气，笼统地说，便是文天祥认为充塞于天地人寰的正气！他不愿意有、官方也不再养这种气。礼乐兵农那一套贤人政治是理想，功名富贵这一套坏人心性的是现实，季苇萧既不能发达中了去，又身无长技，还要温饱、发展，搁在食利与劳力两阶层中间，不让他插科打诨，谁给他碗现成饭？何况他还是个耽溺于文化生活及业余文化生活的文人。

认真的都痛苦，行动的都倒霉。季苇萧回头是岸，一不认真，二不行动，怡然自乐，什么诚则明、明则诚，参天地、赞化育之类都与这类自乐文人无涉。可能只有林语堂先生会公开承认唯这种"风流士"理解、掌握了生命的真谛、生活的艺术："七情生活洽调！"季苇萧似乎以嘲弄的微笑对世人说，无所事事，当名士不亦乐乎？你们看看《儒林外史》中有几个干正经事的？谁又能干成？季苇萧给以弄文学为借口的混世虫立了牌坊，他那些俏皮话为可怜的死屋居民展现了一抹油彩。

吴敬梓这位中国的"果戈理"也似乎在同样地说："生活在这个世界上是无聊的，先生们！"

杜少卿

　　鲁迅对《红楼梦》有两点不满，一是人物命运是册子上——定好的，二是还没有突破好人一切皆好，坏人一切皆坏的旧套。《儒林外史》那个半真半假的"幽榜"有点册子的味道，但是《儒林外史》努力避免好人一切都好，坏人一切皆坏。作为第一主角的杜少卿一出场给人的感觉就是个顺着性子大醉宾朋，把父亲的门客娄焕文当成了父亲般侍奉，急着卖了地把钱给人补廪捐监、修房子、发送老人，虽是个"天下哪有这样好人"（《儒林外史》第三十一回，鲍廷玺语）的大善人，好像也是个不中用的货。为了抑制这位主角出场的隆重性，一改新出场人物借过渡人物的眼来作肖像描写的习惯，吴敬梓特意让一个杜府的老门客韦四把我们带到杜少卿面前，等到再通过鲍廷玺的眼来看杜少卿"面皮微黄，两眉倒竖"时，杜少卿出场已经很久了，不细心或没耐心的读者也已经滑过去了。这是吴敬梓令人尊敬之处——他的自省意识太强了。众所周知，杜少卿的原型是吴敬梓本人，没有半点美化自己的企图。他像无情地解剖别人一样无情地解剖自己，先借杜慎卿之口把杜少卿的特点做了个纲要：杜少卿是个呆子，"纹银九七，他都认不得""听见别人说些苦，他就大捧出来给人用"（《儒林外史》第三十一回）显然，杜少卿的特点就是傻。吴敬梓用这么一个傻呵呵的人当主人公，能够支撑得起来吗？吴敬梓为什么不把杜少卿塑造得理想化一些、高大全一些呢？这正是吴敬梓突破前人的地方，也是杜少卿这个形象令人费思量的地方。

吴敬梓的出现意味着文人作为真正的叙事人（而不是代言人）出现在中国小说史上：文人以文人的视界、价值标准来打量这个世界，用文人的语言、叙述策略来描写"故事"并反思故事本身。所以，《儒林外史》的基本手法就是"扫兴"、反煽情，取境和立意绝不跟着居于正统地位的意识形态或民间流行的市井心理走，而正是来"反思"这地久天长的活法的依据并追问其合理性的。杜少卿担负了这个反思和追问，他身上寄寓着《儒林外史》要表现的人性的尊严、明白的理性、深切的疑问。

杜少卿这个形象的含义在他的心理、在他的情绪，在于他的存在状态。概括地说，一是敢于绝望，二是为了记忆遗弃了现状。存在状态即是生命状态，所以绝望是一种生命行为，是否定中的肯定，是以否定的形式来肯定存在本身。敢于绝望，是大勇的表现；盲目乐观，则是生命力孱弱的征兆（如那些假名士）。绝望的勇气是超越每一种勇气的勇气，是存在的勇气所能达到的边界。杜少卿一事无成、毫无作为，却一直成为人们说不尽的话题，就在于他身上揭示了这种勇气。贾宝玉出家时也体现了这种勇气，那是贾宝玉的终点，而杜少卿不离世间觉，这是杜少卿的起点。杜少卿平居豪赌、满不在乎，在于他有敢于绝望的勇气。敢于绝望是个"光辉的起点"，没有这个起点就不会看透"功名富贵"是奴役人性的天罗地网，就不会看透那条"荣身之路"正是奴役之路、一个伟大的文化传统正因"秀才"变成了"奴才"而在全面坍塌，就不会看透那些"斗方名士""七律诗翁"正在打劫文化还冒充文化英雄⋯⋯敢于绝望之"敢于"是孔子"知耻近乎勇"的那个"勇"了，也就是说，知耻是存在勇气的起点。同样，《儒林外史》中百般丑态的起点是无耻，无耻到了不知耻之为耻，从而才活得那么愚昧可怜，他们因丧失了存在的勇气而丧失了生命的尊严。敢于绝望才有了海德格尔说的那种"决断"：一个打开的动作，打开一切遮蔽人性良知的东西，从而获得敞亮，大写的人得以行动。杜少卿这个大写的人的行动就是辞却征辟，拒绝了功名富贵。吴敬梓淡淡地写出这个行动，没有特别渲染，用迟衡山的议论点了一下，遭致了高翰林的大段攻击，又借郭孝子的反应写出"古道人"对他这一行为的评论："杜少卿？可是能天长不应征辟的豪杰么？""少卿先生豪杰，天下共闻。"（《儒林外史》第三十七回）如果吴敬梓再让杜少卿写《儒林外史》，写出他"闲居日对钟山坐，赢得《儒林外史》详"的清苦和心路，而不是仅仅讲究经史学问、刻本诗集送给沈琼枝，杜少卿这个形象就成了近现代文学的开山祖师了。

《儒林外史》是一部找准了18世纪士人及国人情绪的大书，用平实而自然的手法来写一串一串的人物及他们的相逢与离散，勾画出一个可以名之曰"精神遭遇"的大故事，支撑这个大故事的基本冲突是文化记忆与文化现状的矛盾，再简化一下便是"文化与现状"的矛盾。再简化一下，现状的体现者是当代英雄，他们没有记忆能力，也不相信记忆是保持情操的严师，他们翻脸不认人、忘恩负义得那么轻松就在于没有记忆，譬如匡超人。相反，文化的体现者则是古道人，典型的第一大贤虞博士就是个古貌古心，还有被作者直接赞为"古道人"的萧昊轩，马二先生是举业中的亢龙，对匡超人、蘧公孙表现出古道热肠，吴敬梓也认为马二先生是位君子。文化的体现者是君子，现状的体现者是小人。林毓生在《中国意识的危机》中解剖鲁迅等反传统的人，说他们是传统的体现者，证据之一就是他们特别"念旧"。杜少卿之所以那样侍奉娄焕文就是特别念旧，杜慎卿说："我这兄弟有个毛病：但凡说是见过他家太老爷的，就是一条狗也是敬重的。"（《儒林外史》第三十一回）他只当少爷不当老爷，因为人们喊他少爷，他觉得他父亲还在世似的。陈寅恪说王国维的死因是担荷文化传统最深的人，这个传统陨落了，他的痛苦最重。杜少卿的念旧凸显了他活在记忆中、不肯走入"现状"的精神个性，他之"平居豪举"其实是平居豪赌，把自己的身家性命赌给自己的性情，用从古至今的市民哲学看杜少卿就是"犯傻"，这种"犯傻"是一种合并着自然主义、浪漫主义、放纵主义的勇气，是自己拿自己冒险的"随性"。杜少卿不见知县和学里的朋友，当这位知县被摘了印将被百姓群殴，他反而把知县接到自家花园住。他的理由很实在："我前日若去拜他，便是奉承本县知县，而今他官已坏了，又没有房子住，我就该照应他。"（《儒林外史》第三十二回）与一般的人投机、势利相反，他是反投机、倒势利眼，只可怜穷人，绝不巴结奉承当了官的进了学的。这是什么？这就是人们一向所说的"良心"。整部长篇的内在张力是称得上社会良心、人类理性的知识者处在汪洋大海一般的"流行文化"包围中那挣扎不出来的呐喊。杜少卿的一生是一曲没有"喊"出来而更让人揪心的失败之歌。

所谓流行的"文化"，一是八股，二是假名士，三是趋炎附势的势利见识。在没有现代化的传播媒介还靠口耳相传构成声气的古代社会，这三类流行色以铺天盖地的普遍性构成令杜少卿痛心疾首的文化现状。杜少卿只能用不入局的乖张行为反抗，在学里的秀才们则成了这样"传说"：

伊昭问道："老师与杜少卿是甚么的相与？"虞博士道："他是我们世交，是个极有才情的。"伊昭道："门生也不好说。南京人都知道他本来是个有钱的人，而今弄穷了，在南京躲着，专好扯谎骗钱。他最没有品行！"虞博士道："他有甚么没品行？"伊昭道："他时常同乃眷上酒馆吃酒，所以人都笑他。"虞博士道："这正是他风流文雅处，俗人怎么得知。"储信道："这也罢了，倒是老师下次有甚么有钱的诗文，不要寻他做。他是个不应考的人，做出来的东西，好也有限，恐怕坏了老师的名。我们这监里，有多少考的起来的朋友，老师托他们做，又不要钱，又好。"虞博士正色道："这倒不然。他的才名，是人人知道的，做出来的诗文，人无有不服。每常人在我这里托他做诗，我还沾他的光。就如今日，这银子是一百两，我还留下二十两给我表侄。"两人不言语了，辞别出去。(《儒林外史》第三十六回)

杜少卿也成了权勿用一流的撒谎骗钱的人，关键是不应考的人做出来的东西也好不了，这个逻辑是时文必须领导诗文！虞博士是通过看杜少卿的诗集发现他的才情主动与他交往的，杜少卿不但在精神上依赖贤人，在经济上也仰仗贤人"转包"活计，那些秀才们还争夺这点营生。如果杜少卿应了征辟，如果他不把银子大捧地白送人，他就成不了传说了。杜少卿的念旧、亲近贤人是生活在文化记忆中的表征，他生活在古道中，已经穷了还大笔地赞助修泰伯祠、资助武书安葬母亲。他随性，爱我所爱无怨无悔。最后，杜少卿也和其他人一样不了了之了。

敢于绝望有什么意义？说白了就是自觉地"不入局"了。这种不入局有似于"为人进出的门紧锁着，为狗爬出的洞敞开着"那种严峻的归属选择、如何活怎样活的生存选择。因为"入局"是以整个人生为抵押的。别看杜少卿戴着方巾，但他绝对想逃离八股文化，想走出"如何父师训，专储制举材"的现成道路，干一番自己的事情。别看杜少卿是八股体制的既得利益者，"一门三鼎甲，四代六尚书"的嫡系继承人，如果继续走科举道路便不会像周进、范进那么艰难，但杜少卿就是不走那条路了，响亮地喊出学里的秀才未必好过奴才，而且连荣誉的征辟也辞掉了。吴敬梓在已经全面展示了八股文化大昌于天下后，再写杜少卿这样的八股叛逆，是在展示两种不同的人生境界。纱帽召唤着那些八股士，他们舍生忘死地去挤那一条独木桥，竞相比赛"揣摩"功夫，以举业为生命的终极停泊地，成为被八股吸魂器吸干了气血的空心人（如周进、范进），封建统治阶级却以三场得手两榜的出身者为真才。这个真才的世界蔑视杜少卿，用他们官本位的成功价值观刻薄地指责杜少卿的不成器、没出息。他们也的确比杜少卿活得目标明确、信心满满，他们以八股举业为安身立命的基地，为飞黄腾达、实现自我的津梁，发过、中了的自然舒服透顶，就是不中、未发的或做馆（如王德、王仁）或操选政（如马二先生），都有献身不朽之盛业的"崇高感"。马二先生总以为自己在起草政府文件（《儒林外史》第十三回），卫体善、随岑庵则宣布他们的评选标准才是真正的文章标准，单是中了还不行（《儒林外史》第十八回）。马二先生太虔诚，卫、随二人则是在自欺欺人。然而，这样的文化官员和文化明星使儒学原典变成文字游戏，从而彻底扭曲了原教旨、遮蔽了儒学的真血脉，使广大的读书人大面积地遗忘了文化传统。吊诡的是，范进们从无到有了，担荷着这传统之真精神的杜少卿却一无所有了。匡超人的人性是杜少卿人性的反衬，范进的命运是杜少卿命运的反衬。杜少卿和这些成功人士相比是如愿以偿地失败了。如愿以偿的是保住了自己的人性，"辞爵禄之縻"以捍卫生命的尊严是用现实的失败换得了精神的胜利。

杜少卿的一生及《儒林外史》的主题浓缩成一句话就是：反奴性、反对任何奴役之路，尤其反对只有当官好的势利见识，这种实用主义之思想奴役，生产着、扩大再生产着持续增长的无耻。杜少卿有足够的人的气概，能够把对人性的践踏体验为绝望。他不知出路何在，但他试图通过说明局势的无出路来挽救他的人性。这是一种自己承担绝望的勇气，用以抗拒非存在所包含的诱惑和威胁。吴敬梓很耐心地写了杜少卿辞却征辟大典的过程，写了他见了官之后没钱回不了家的尴尬，从文字量上远远大于和娘子同游清凉山，然而回目上却标举的是"夫妇游山"（《儒林外史》第三十三回），吴敬梓连最后的虚荣也没有了，并不想把这么重大的关目突出渲染，这是吴敬梓令人尊敬的"尊严精神"的内功。在实际生活中，吴敬梓是把这次辞却征辟很当回事的，他"休说功名"开始写《儒林外史》越写越心里明白了，就没有了最后的虚荣。杜少卿的主要故事就是三个：平居豪举、夫妇游山、辞却征辟。吴敬梓故意让读者把对辞却征辟的注意力转移入"议礼乐"这件"大事"上，不避文字合掌，上回"迟衡山朋友议礼"下回"议礼乐名流访友"(《儒林外史》第三十四回),让人觉得礼乐大于官爵。

敢于绝望的勇气是精神贵族路线上的,大而言之如佛教,小而言之如杜少卿。《儒林外史》最后一行文字是:"从今后,伴药炉经卷,自礼空王。"《儒林外史》贯穿着一种"以无住为住""无所住而生其心"的空感和禅意。吴敬梓是用贵族的眼光看世界的,首写王冕,因为王冕是精神贵族;特写杜少卿,因为杜少卿是最后一位贵族,差不多的人都视钱财如生命,独杜少卿视钱财如粪土,因为什么?因为他是贵族。世人都是"钱癖宝精",杜少卿偏大捧大捧地白送人。还不仅是"遇贫即施"的问题,而是跟钱有仇似的,急着把地卖光把房子并给别人,在赤贫之后,依然不以钱财为意,去推辞征辟一事时把金杯子当了三十两银子,回来时连烧饼钱也给不起了,然而回到南京后依然不为来日计。不为来日计是敢于绝望的典型症候。二娄也大把大把地给人银子,但是他们想成个什么,想当位进士,没当上就成了"愤青",想学古代名士就有了猪头会。杜少卿在行为、外观上和他们区别不大,尤其是被一帮人围着喝酒的时候,然而内心里的差别却相去天壤,这种时候要论心不论迹,论迹天下无真人。杜少卿不想成个什么,但敢于辞却征辟,二娄敢吗?二娄是想得征辟而不得,所以二娄是流行文化的一部分,杜少卿是流行的主流文化的对立面,也因此才有"乡里传为子弟戒"——"不可学天长杜仪"。

绝望的豪举、贵族的懵懂也使得杜少卿在现实面前软弱无力。无论是社会现实还是文化圈里都没有激动人心的力量,他呼吸领会不着什么新思潮新动向,没有写作《儒林外史》便未能成为以自己的历史主动性揭开新时代序幕的启蒙思想者。他只是个与时俱进的不合时宜的孤独者，身上弥漫着已经沦陷而又不甘沉沦的知识分子的苦闷。他不是什么"新人"形象，却有着"多余人"的特征：不安于旧有的，又找不到合理的新路。人们无法给这个"畸人"命名。贤人具有来自传统的价值优势可以成为整个社会的雅谈，而"自古及今难得的一个奇人"杜少卿却被真、假道学先生视为洪水猛兽，遭致许多诽谤和谩骂。杜少卿的卓异之处就在他能傲视庸众的物议，用绝望的勇气走自己的路，不为来日计，他仿佛幽咽在乱石间的一泓水，流得很是艰涩。他既想"为社会"，也想"为个人"，可是社会放逐了他，自己也找不到能够实现自我的事情。他内心的苦闷经由人文精神转化为一个豪迈的"毛病"：不在乎！这里说"毛病"是因为与自暴自弃行迹上貌似，自暴自弃也是不在乎，在高翰林眼里、嘴下的杜少卿也是个自暴自弃的货。这就要看暴的弃的是什么了，杜少卿暴弃的是功名富贵：别人趋之若鹜，他弃之如敝屣；别人视钱如命，他"急施予"；别人嫌贫爱富，他可怜穷人。再说要想不在乎说着简单做着巨难，追名逐利者无论格局大小哪个不是极在乎、穷计较？佛教的基本原理万物皆空就是鼓励人们要不在乎。在名闻利养上能够真正不在乎使杜少卿成为"自古及今难得的一个奇人"。

这个"不在乎"让杜少卿以狂狷的形式，捕捉、占有、享受着生动的感性自由。这感性自由赋予他豪放的侠气，能够冲破束缚，敢于对某些权威和礼俗提出大胆的挑战。譬如，在文字狱大盛之时，他敢反驳钦定的理论标准：朱注。这不是在追寻一点微小的学究的胜利，而是在批驳道学，表达自己的生活信念。他解说《诗经》，是从理论上寻求人应该怎样生、路应该怎么行的依据。他依据自己的人生哲学，说"《溱洧》只是夫妇同游，并非淫乱"，对《女曰鸡鸣》的解释宣说着一种独立自主、怡然自乐的生活境界。他最反礼俗的行为就是与妻携手同游清凉山，使道学先生为之痛心疾首，世俗社会也为之侧目。他却在沉醉的意态中获致了最能引为满足的情感体验。在世人趋之若鹜的豪富面前，他富也不喜，贫也不悲，又与逆来顺受、随遇而安的奴性人格相反，这是一种"通脱""豪放"、一种以超拔的不以外物所囿的始终以主体为本体的道德境界、人生境界。他在这通脱豪放中体验着自己的真实的生命。杜少卿的特异性格几乎是不期然地就冒渎了那个时代通行的规范，嘲弄了庸众的普遍信念，背离了"从来如此"的生活方式。然而，他无权无勇，在叛离了贵族的势力后就成了毫无实力的人，他的"狷傲"并没有包含着多少事实的"雄强"。他有思想的余裕，却没有发挥才力的办法，终于陷入消耗性悲剧之中。

这个自我放逐者，不那么思虑自己的命运。他有饱满的同情与爱，却活在广阔的"五河县"般势利的情冷心阴的世界中，他的豪放也拖着柔和的忧郁长影。他的"不在乎"也是只办到了一个"应无尽无"。当杜少卿与虞博士洒泪而别，倾诉"小侄从此无所依归"的悲情时，杜少卿的文化记忆失去了载体，他为了这份记忆辞却了爵禄之縻，就像他们建造起来的泰伯祠被尘封了一样，他们不问功名只讲学问的态度只能自由心证其意义了。不仅是人去楼空式的悲凉，也不仅是贤人们老的老了、走的走了的孤单，而是文化记忆不能支撑生命的"凄切的孤单"使杜少卿成为无家可归的漂泊者。他对贤人如此倚重是对文化记忆的依赖，是精神贵族之文化保守主义的题中应有之义，也是精神漂泊者命定的悲哀。

  吴敬梓为了寻找文人生命的原则，才创作《儒林外史》这部描写读书人道路的大书的。像列夫·托尔斯泰为 19 世纪俄罗斯贵族寻找出路一样，吴敬梓为 18 世纪中国的读书人探索着精神前途。然而，即使像杜少卿这样映现着作家全部感性情趣、寄寓着作家的理想的人物给人留下深刻印象的是"拒绝"的魅力。"有所不为"在贪嗔痴的世界里是极为难得的了，代价是一事无成人渐老、一钱不值何消说，二一老人李叔同是否是杜少卿的精神后裔呢？如果只能趋炎附势，还是闲适自恣更人性些。杜少卿傻气的选择、"侠气"豪举、在长篇中端的是"古今第一奇人"，他担荷着俗人难以领会的彷徨和沉重。作为一种精神现象，杜少卿因其敢于绝望、为了记忆放弃加入现状而成为精神贵族的一个苍凉的造型，是鲁迅提供的"孤独者"们的先驱。

沈琼枝

如果说杜少卿是个传说，那么沈琼枝就是件奇闻。在当时，她居然敢到南京卖文为生！蒲松龄是"新闻总入夷坚志"，吴敬梓也是总把传奇入《儒林外史》。沈琼枝的特点是"不怕"。电影《梅兰芳》开篇用纸枷锁人，中间孟小冬对梅兰芳说的最后一句话是"畹华，别怕"。任何人都在怕与爱中晃荡，沈琼枝当不起"中国的娜拉"那些奉承话，仅不怕这一点，她就相当相当了不起了。从策略上说，她足够鲁莽；从风采上说，她足够雄奇。

沈琼枝，干练机警，意志集中而坚决，一副明知山有虎偏向虎山行的脾气。与惯见的男人和女人中的畏葸、苟安大不相同，她是好斗的，几乎有些孙悟空式的"以战为戏"的脾气。她本来可以看见是娶妾的兆头而不去，她之去既像成婚，又像是兴师问罪，还有兴趣欣赏竹树亭台、走廊月洞，不忧不惧，闲庭信步，"不怕"在这家过了夜以后说不清楚，反而觉得："这样极幽的所在，料想彼人也不会赏鉴，且让我在此消遣几天。"这不仅因为她有胆气，还因为她会武功不怕宋为富强攻。她有实力敢于冒险自信能够扭转"乾坤"，而不是那种心境大于处境，言语代替行动，永远不能现实地改变命运的所谓"雅人"。当她被幽闭起来时，唯有她的性格是她的"朋友"。她勇毅赤身担当起一切，就是不肯屈服，最后带有报复性地"将他那房里所有动用的金银器皿、珍珠首饰，打了一个包袱，穿了七条裙子，扮做小老妈的模样，买通了那名丫鬟，五更时分，从后门走了，清晨出了钞关门上船"。从容镇静，如入无人之境。吴敬梓也不忘"滑稽"一下："穿了七条裙子"——那还怎么走路呢？

沈琼枝的出逃是对"才女嫁俗商"这一不公平的命运的反抗、矫正。她脾气火爆，对南京无赖子的调戏进行了强有力的反击，跟"拿讹头"的人"支支喳喳的嚷"。生活磨就了她"以恶抗恶"的风度，在底层生活不这样恐怕也立不起门户。她不是"犯勿校"的儒者，而是自己保卫自己的豪宅的"侠女"。吴敬梓赋予了她独立生存下去的能力，她到南京靠"精工顾绣、写扇作诗"谋生，虽然同样是自食其力，却比"四奇人"付出了加倍的努力和艰辛，不仅因为她有奇异的追求，而且因为她是位女子。吴敬梓通过武书的不断变化的评论，逐层写出了她在有教养的人眼中的形象。如果她不追求人格独立，在"开私门"的地方"开私门"，也就不可笑了："一个少年妇女，独自在外，又无同伴，靠卖诗文过日子，恐怕世上断无此理。"平庸的好人也无法理解一个奇女子的情怀和艰难。武书终于承认"这个女子实有些奇。若说他是邪货，他却不带淫气；若说他是人家遣出来的婢妾，他却又不带贱气。看他是个女流，倒有许多豪侠的光景"。吴敬梓是故意用人物的评论完具对琼枝的精神风貌的勾勒，这还是表象的勾勒，对沈琼枝精神品格的评价，只有杜少卿说得准确、深入："盐商富贵奢华，多少士大夫见了就销魂夺魄，你一个弱女子，视如土芥，这就可敬的极了！"杜少卿追求人格独立，也就能理解、支持沈琼枝同样性质的努力，这种精神上的契合使二人成为陌路知己。在整部《儒林外史》中，与沈琼枝"同气连枝"者唯杜少卿一人而已。所以，这个几乎是怀疑、蔑视一切男人的高傲的女性，终于在知己面前敞开了心扉，倾诉了满腹悲酸："凡到我这里来的，不是把我当作倚门之娼，就是疑我为江湖之盗。"同样是靠卖诗文为生的杜少卿，以及那四个靠"贱行"维持生计的市井奇人，只要不受名利诱惑就可以保持自己的意志和人格状态，沈琼枝却还得承受那个社会惯见的男人对女人的压迫、调戏以至欺凌，需要进行激烈的斗争才能保全自己的"贞素"，还得迎接着随时都可能到来的捕快。

吴敬梓写她的结局是真实而深刻的。杜少卿钦佩她，却无力救援。她没有也不可能有更好的斗争武器，她因有"才"而追求人格独立，从而卷入斗争，亦因有"才"而获释。假若她碰上的不是袁枚般的风流才子型的知县，而是古板的一丝不苟地公正地体现那个社会的法律原则的清官海瑞，她的命运也难以逆料、难以乐观，更莫说碰上不看杂览的周进、范进，打板子的王惠那样的"能员"了。这更反衬了她的坚毅果敢、奇行侠骨。她的性格很单纯，完全受她全部内在的天性所左右，对那个社会始终抱着走着瞧的探索姿态。仅此一点，沈琼枝就是令人敬佩、令人羡慕的了。

鲁迅说娜拉走后，不是堕落，就是回来。沈琼枝呢，没有因为生计而沦落风尘，明明能自食其力，但还是被"押解江都县"，可能被"判还伊父，另行择婿"。沈琼枝就算是胜利，也是极偶然的胜利。何况终究还是个未卜，这个未卜也包含她未来的丈夫是个什么样的丈夫。她的这个结局，再次让我们看到《儒林外史》的一个卓异立意：它既不是纠纷喜剧，也不是性格喜剧，而是生活戏剧。吴敬梓之所以让各色人等只领风骚两三回，就是因为他关注的更是那左右人的生活处境、生存环境。这个生活舞台给予沈琼枝的只有狭窄、低矮和气闷。有的因越位而串演了喜剧，匡超人、牛浦是也；有的因出格而承担起悲剧，杜少卿、沈琼枝是启示性的显例。

　　一部《儒林外史》几乎是一个"博喻"，用不同姓名、不同个性的不同历程反复地譬喻一个中心话题。许多人物都可以说是该中心的比喻性人物，他们既有鲜明的个性色彩，又在很大程度上代表了同类之共性。如二进、马二先生、鲁氏父女都是映照揭发八股举业的"喻象"。并非喜剧形象的迟衡山、庄绍光、虞育德等贤人"互见而相贬"，共同表达了作者的贤人政治理想，是这个中心的喻象。三大名士集团更是自成起落，沽誉邀名，表现出寄生性格生存之荒谬感。诸喻象群之间又"激射回互，旁见侧出"。唯独沈琼枝是奇花独放，同气连枝者有之，而类相形者并不明显。这并不仅仅因为她是位女子。或曰："云仙，豪杰也；琼枝，亦豪杰也。云仙之屈处于下僚，琼枝之陷身于伧父，境虽不同，而歌泣之情怀则一。作者直欲收两副泪眼，而作同声之一哭矣。"（《儒林外史》卧评）这解释吴敬梓倾注的感情是准确而深刻的，但沈与肖并不是"器等"的人，形象的蕴含没有相似之处。或曰："凤与沈，类也。"（刘咸炘《小说裁论》）将凤四与琼枝并举，侧重了侠客闯江湖的形似。

迟衡山

对于有品位的知识分子来说，放弃富贵容易，放弃功名难。"君子疾没世而名不称"的高级功名心，是孔子以降的任何志士仁人都解不开的一个理念大结。经世致用是真儒的天职，行道是传教般的义务。"出，为道行；处，为道尊。"《儒林外史》呕心呼吁的"文行出处"是接着这条天道的。现实中，经世致用的功名已经完全变成了秀才、举人、进士这类科举功名，当了秀才就叫有了功名。吴敬梓看透了这现实的"功名"已将天下读书人变成了"乞食者"，不摆脱功名的作弄，读书人永远难以站起来。所以，他一方面借贤人提倡礼、乐、兵、农等经世济用的真功名，另一方面借迟衡山的嘴提出："讲学问的只讲学问，不必问功名；讲功名的只讲功名，不必问学问。"（《儒林外史》第四十九回）并在结尾用"自食其力"的四奇人指示道路。迟衡山有资格成为这一寻求独立、摆脱奴役的发言人！

迟均，字衡山，这个名字就体现着儒教精神——和谐、稳定、安详，他也的确是个纯正的儒者、塾师，热衷礼乐，是倡建泰伯祠的发起者、议定祭札的"名坛领袖"。季苇萧奉承杜少卿时也朴实地说出了迟衡山的特征："少卿天下豪士，英气逼人，小弟一见丧胆，不似迟先生老成尊重。"杜步卿见迟衡山"通眉长爪，双眸炯炯，知他不是庸流"，但迟衡山没有虞博士的通达、庄征君的潇洒。譬如说对官场，迟衡山还是热衷的，至少说是有兴趣，听说杜少卿被荐了，他的祝贺是真诚的："少卿兄，你此番征辟了去，替朝廷做些正经事，方不愧我辈所学。"杜少卿则认为出去了也做不成什么正经事，也不顾及什么君臣之礼；庄征君则是不相信能有所作为，只是"君臣之礼是傲不得的。"此三人都是正人君子，但在思想观念上有差别。杜少卿讲不许纳妾的"风流经济"时，唯迟衡山严肃地说："宰相若肯如此用心，天下可立致太平！"与那帮真假名士有着不同的敏感性、出发点。他还不是身在江湖，心忧魏阙的问题，他是不忘要"替朝廷做些正经事！"他瞧不起"而今读书的朋友，只不过讲个举业，若会做两句诗赋，就算雅极的了，放着经史上礼、乐、兵、农的事，全然不问！"（《儒林外史》第三十三回）经史的核心内容：礼、乐、兵、农已成了文章里的辞藻，只能为举业润色，不能为江山润色了。迟衡山与众不同之处在于他还真相信那些经义，并竭力弘扬之，这使他显得正，也显得迂。正应了一句俗话："什么鸟叫什么声。"《儒林外史》中的阔谈皆见心性，吴敬梓尤其着意将亲友的学问、意见转变成日常口语，所以这等小说中的"言谈"是不可等闲读过的。

过去人们常把大祭泰伯祠的账记在虞博士身上，其实只是因为他荣誉高，被请作"首献"而已，而首议者、谋划者、执行者（包括串联和募捐）皆为迟衡山也。我们且听听他的立意："我们这南京，古今第一个贤人是吴泰伯，却并不曾有个专祠。那文昌殿、关帝庙，到处都有。小弟的意思要约些朋友，各捐几何，盖一所泰伯祠，春秋两仲，用古礼古乐致祭。借此大家习学礼乐，成就出些人才，也可助一助政教。"(《儒林外史》第三十三回）习学礼乐、成就人才、俾助政教，他的意图是纯正的，但这"药方只贩古时丹"的行动，却是不实际的，不切实际的原因就是孟子所说的"杯水车薪"。迟衡山从理论信念出发，把它想象成振作道心、刷新风习的"政教"，是书生之见，所以过去的评点家都异口同声地说迟衡山"迂"。他的迂是迂阔，不是八股腐儒那种迂执。他能欣赏杜少卿那种狂人便是明证。迟衡山对杜少卿的评价是书中出场人物对杜少卿的最高评价："海内英豪、千秋快士！"迟衡山还有着正儒的眼光，秉持着与孔圣人相近的人格观念，像孔子赞狂狷、孟子友匡章一样，欣赏杜少卿的豪放、真性情，正与那些视杜少卿为洪水猛兽的假道学、小人儒判然有别。

"议礼乐名流访友"一节，吴敬梓特意写了一个"现任翰林院侍读"，此公作为科举制度的幸运儿，虽是南京的翰林院并不能亲炙圣上，但也是高级文官了，这个正途出身的官吏偏偏玩戏子，而真儒迟均等却不能"中"了去，不但不能入翰林，连权力阶梯的边也沾不上。吴敬梓专门用"错位现象"来鞭挞到处错位的社会。高翰林不把"有制礼作乐之才，乃南邦名宿"的迟衡山放在眼里，偏偏关心戏子钱麻子。迟衡山还觉得与礼有碍："老先生同士大夫宴会，那梨园中人也可以许他一席同坐的么？"而高翰林一听钱麻子来不了，便大感扫兴："没趣！没趣！今日满座欠雅矣！"正生钱麻子与礼乐之才迟衡山在高翰林眼中轻重轩轾竟如此倒错！以讲究礼乐经史为职业的高官们不以关心政教为务、不以奖掖人才为重，偏偏迟均、余特这样的坐馆的教师、低级学官有着浓厚的报国热情、奉献精神！值得注意的是，偏偏是"现任翰林院侍读"居然公开地大言不惭地说出这种话来："到他（杜少卿）父亲，还有本事中个进士，做一任太守，已经是个呆子了：做官的时候，全不晓得敬重上司，只是一味希图着百姓说好；又逐日讲那些'敦孝弟，劝农桑'的呆话。这些话是教养题目文章里的辞藻，他竟拿着当了真，惹的上司不喜欢，把个官弄掉了"。"道"与"势"竟分裂到这般程度，迟衡山们还信心百倍地去弘扬道心，真可谓"知其不可而为之"的古儒风范。问题在于能用礼乐精神改变高翰林这号从礼乐教育中茁壮成长起来的大老爷吗？连他们都不能改变，去改变方盐商之流不就更没有前提了吗？跟这两类反礼教人相比，作者怎能不表彰迟衡山的"迂"呢？

迟衡山是《儒林外史》中最纯正、本分的"章句儒生"，谨严、勤恳、诚明，虽没有虞博士、庄征君那通儒风光，却绝无八股腐儒那尸居余气，也没有名士们那诗酒风流的浮嚣气。他讲究实学，除了忠心不忘朝廷，努力有益于天下，受到现实的嘲弄外，他本人没有什么喜剧性。当然，用启蒙烈士何心隐、李贽来对比迟衡山，他自然要变得可怜兮兮，但他是《儒林外史》中罕见的内心完整、表里如一、知行一致的人物，没有杜少卿的苦闷，也没有杜慎卿的玩兴，他是个纯正的儒生。他与表面上崇奉礼教，其实却在毁坏礼教，表面上毁坏着礼教，实际上却在发扬着礼教精神的人不同，他是表里如一地信奉礼教的，如果那些儒生都像迟衡山这样平衡、和谐，则一部《儒林外史》无由诞生矣。那样的话，士子们便成了既无朝气，也无臭气的群体。可是，不平衡是规律。那些追名逐利、趋炎慕势之徒，固然是在厕坑里翻跟头，可是当时"厕坑"已成为至大无外、至小无内的人际宇宙，所以迟衡山先生只能讲分开："讲学问的只讲学问，不必问功名；讲功名的只讲功名，不必问学问。"

庄绍光

　　《儒林外史》中庄绍光是那群漂泊无根的文人中地位最高的、活得最不难受的。他自幼卓异不凡，"十一二岁就会做一篇七千字的赋，天下皆闻"，不惑之年著书立说，名满一时。庄绍光外迹弥高，内朗弥足，受大员举荐，承皇帝青目，真正实现了"道"与"势"的统一，摆脱了贫困、玷缺、流窜等所谓"文人九命"之困轭，即使"允令还山"，依然赐玄武湖让他鼓吹休明。无论从内在修养，还是从外在境遇上说，他都算是终成正果。吴敬梓在《备弓旌天子招贤》回末写道："朝廷有道，修大礼以尊贤；儒者爱身，遇高官而不受。"乍一看，皆是颂辞，社会清明尊贤，个人清操有守，这不正是风调雨顺的好时光吗？

　　但问题并不如此简易。吴敬梓也不是要写一位奉旨隐士，以吐闷气，尽管赐玄武湖，纯系自己敌意的率性之笔，是童话般的想象。有意味的问题是，既然朝廷有道，儒者何须爱身？朝廷尊贤正是士子兼济天下之秋，何必遇高官不受？

　　首先，庄绍光成为"征君"时，他自己也承认"我们与山林隐逸不同"，更没有叛逆朝廷的意思，但他也知道虽是奉旨前往，亦用不了多久就要回家来的。这说明他有遇高官而不受的思想准备。那他为什么还应征上京呢？他还想谋求道与势的统一，当他终于证实"看来我道不行了"，才辞别帝都：如真能道势合一，他何乐不为？他出发前就知道这是不可能的！

其次，且看皇帝与太保公的一系列表演。皇帝对此大贤可谓优礼有加，"特赐禁中乘马"等一系列恩典，使得朝中大员都分外重视起庄征君来。太保公意欲让庄出其门下，实为结党自壮阵容。最晚从唐朝以后，"出门下"已成为朝中官僚拉帮结派的重要手段，这从牛李两党争夺考试权即可见一斑。这是标准的"势"中学问，庄征君非不懂也，实不为也："太保公屡主礼闱，翰苑门生不知多少，何取晚生这一个野人？这就不敢领教了。"既拒绝了太保公的笼络，也便断送了自己的前程。

太保公的奏词貌似合情合理，其实荒谬滑稽。皇帝问："庄尚志所上的十策，朕细看，学问渊深。这人可用为辅弼么？"太保奏道："庄尚志果系出群之才，蒙皇上旷典殊恩，朝野胥悦。但不由进士出身，骤跻卿贰，我朝祖宗无此法度，且开天下以幸进之心。"其中的自相矛盾之处显而易见：既恪守进士出身，又何必搞什么征辟，开鸿博科网罗遗贤？皇帝如有诚意，当然能辨认出其中的荒诞不伦处，只是他不愿意去辨认罢了。吴敬梓不敢直接批评皇帝，让太保公一个人扮演了阴谋家角色，此公玩了个具体肯定、抽象否定的花招。

最后，果真是"朝廷有道"吗？征辟大典已堕落为一种场面、一种装潢、一种自相矛盾的表演已不待言，且看庄绍光来京返里的旅途历险就明白了吴敬梓背面敷粉的用意：遇响马于前，逢死骨于后，虽不该夸大成盗贼蜂起、饥馑成灾，但毕竟不是风调雨顺的好时光。朝廷有道，还会让庄绍光来去路上满负荷地遭遇这诸多惊险吗？

吴敬梓直接从权力高深处着笔，又正面写了吏治之窳败，"势"之不美妙。具体到征辟招贤一事，它非常深入地揭示了"治统"对"道统"的捉弄。许多论者指出过，庄征君应征一幕反映了清代两次鸿博科阴谋闹剧。吴敬梓本人量而不入，免了一场断送头皮的嘲弄。庄绍光的原型程廷祚和其他大贤上京城踢了一场没有足球的足球赛。《儒林外史》第三十六回讲虞博士面对征辟的态度颇可与庄征君一事参观：

> 那时正值天子求贤，康大人也要想荐一个人。尤资深道："而今朝廷大典，门生意思要求康大人荐了老师去。"虞博士笑道："这征辟之事，我也不敢当。况大人要荐人，但凭大人的主意。我们若去求他，这就不是品行了。"尤资深道："老师就是不愿，等他荐到皇上面前去，老师或是见皇上，或是不见皇上，辞了官爵回来，更见得老师的高处。"虞博士道："你这话又说错了。我又求他荐我，荐我到皇上面前，我又辞了官不做。这便求他荐不是真心，辞官又不是真心。这叫做甚么？"

吴敬梓故意也把尤资深这种利用征辟的方法写出来，虞博士的态度是个"正"、庄征君的态度是个"通"、杜少卿拒绝征辟是个"真"，所以他们仨成为全书最高明的人物，也是《幽榜》一甲的"神"。

许多史学家论述过治者"阴法阳儒"的面目,"道统"被实际的政治运作所否弃、嘲弄。《儒林外史》写了破坏这种道统的"法门":一是科举制,将教养的精义变成了润色举业的辞藻,广大士子在科举跑道上逐势追权,不讲究文行出处,大伤了国家元气。二是君尊臣卑的政权格局派生了上级奴化下级的运作方式,如太保公那号得"势"者,玩弄贤人如要猴。当然还有文字狱等特殊手段,如那个收藏了《高青丘文集》的卢信侯就受到了朝廷追捕。中国古代士子本是"无恒产"的依附阶层,除了百家争鸣那个时期,尔后便不再是民间哪个阶级利益的代言人。不管皇家养士与否,士是专门要为皇家养气的,如王玉辉三十年孜孜不倦写了三部于圣教有功的书还无法出版。吴敬梓实在无法形容"势"(政统)对道统的破坏了,便用了一个相当拙劣的影射性细节来做"恶搞":"(天子道):'这教养之事,何者为先?所以特将先生起自田间,望先生悉心为朕筹画,不必有所隐讳。'庄征君正要奏对,不想头顶心里一点疼痛,着实难忍,只得躬身奏道:'臣蒙皇上请问,一时不能条奏,容臣细思,再为启奏。'庄征君到了下处,除下头巾,见里面有一个蝎子。庄征君笑道:'臧仓小人,原来就是此物!看来我道不行了!'"

"我道不行矣!"是坚持道统的历代文人的宿命性失落。孔老夫子终身感叹"道其不行矣夫"(《中庸》)并分析出外因是"世教衰",内因则如:"子曰:道之不行也,我知之矣,知者过之,愚者不及也;道之不明也,我知之矣,贤者过之,不肖者不及也。人莫不饮食,鲜能知味也。"(《中庸》)来自人本身的智能因素就能使"道"难行不明,人自身的弱点正是"势"的心理基础。儒学有一套严密的"存养省察""反求诸内"、明心见性、中和、忠恕、率性、慎独等修养功夫,却总是一种"理想状态",现实当中很少有"极高明而道中庸"者,往往是既难"中"更难"庸"的。儒学的教养之道真成了"辞藻",成了只是解释人性的学说,没有兑现出圣人预期的改造世界的功能。孔子已有古今之慨:"古之狂也肆,今之狂也荡;古之矜也廉,今之矜也忿戾;古之愚也直,今之愚也诈而已矣。"(《论语·阳货》)

《儒林外史》中有个规律性现象:凡是受到吴敬梓赞美的人品都有古风,如写二愚中之直,少卿狂中之肆,蓬太守矜也廉等。庄征君能被皇帝欣赏、狂狷敬重、通儒视为知己,无疑是作品中的上上人物,是有了"中庸至德"的真人。庄绍光体现出来的"道",即是他的行为方式、人格境界中所蕴含着的儒家真功夫,是吴敬梓颇为心仪的。在"君子道者三"中,庄绍光具备了"仁者不忧,知者不惑",唯欠"勇者不惧"一条,这是《儒林外史》瑕瑜互存以求真实的老笔法。他最让人敬仰的是他那"富与贵之所欲也,不以其道得之,不处也"之真正君子风。

吴敬梓认为,这皆得力于庄绍光有真才实学、秉独处之道,不妄交接人。那份真才实学及清高的心性使庄绍光与俗世俗人划开了界限,他无法忍受那遍披华林的官气、进士气、学博气、铜臭气、假名士气,与他能同心应气者似乎唯有杜少卿、虞博士。与庄绍光相近但情形悲惨的是王玉辉。庄绍光则坐拥书城、心游万仞、存养省察、静观人生、白璧无瑕。吴敬梓着意写了庄绍光无法加入俗人圈的烦躁——应征辟后便陷入与俗吏庸夫互拜的苦海之中,这种被严贡生辈视为人生极境的"相与老爷"的活动扰得庄征君心烦神疲。最后，众盐商集了六百两银子给庄绍光当盘缠，他却不耐应酬之苦，开船逃走，错过了一注巨银。这是吴敬梓故意让那些为了一餐饭、一席酒而钻营奔忙者惋惜憾恨的。

　　吴敬梓用大起大落的对比写了人生布景问题。庄氏道心一，布景二：在京城或家园是上等人，在旅途，脱离了"势"的庇护，只不过一老夫耳。百官拜访庄绍光不是敬重他的道德、文章，而因为皇帝对他格外看重。若不得御赐玄武湖，焉知他不堕入王玉辉境遇？不过，吴敬梓主要是为了塑造一个"自我实现者"，慷慨地发挥补偿性想象，什么禁中乘马、百官礼遇、盐商六百两银子、封赏玄武湖等，都是文人那欲拥美人便是王嫱、玉环正配，欲当才子便是李白、杜甫后身之类的过瘾笔意。无论是庄绍光的道行风骨，还是他那美妙的境遇，都是吴敬梓最理想化的，却透露着无路可走便就地成仙的心意。为内薄外窘者戒，为矜诞无当者戒，办法也无非是个读书养气，以求其厚。

萧云仙

萧云仙由侠而官的历程，可谓侠之正途。

《儒林外史》中的三位侠客，张铁臂是打把式的，凤鸣岐是不入正途、蔑视官府的游侠，萧云仙之父萧昊轩与郭孝子当年也都是好汉，但郭以孝名，昊轩以子显。郭孝子像马二先生教导匡超人、蘧公孙一样，以非常富有学理色彩的高论如斯教导了云仙一番："这冒险借躯，都是侠客的勾当，而今比不得春秋、战国时，这样事就可以成名。而今是四海一家的时候，任你荆轲、聂政，也只好叫做乱民。像长兄有这样品貌材艺，又有这般义气肝胆，正该出来替朝廷效力。将来到疆场，一刀一枪，博得个封妻荫子，也不枉了一个青史留名。……长兄年力鼎盛，万不可蹉跎自误。"这段议论显然是吴敬梓让郭孝子做叙述代理人的正面发言。郭孝子之孝给人留下了刀刻般的印象，吴敬梓是为了串联人物和情节才硬让他爹就是那位江西能员王惠的。孔子英明："其为人也孝弟，而好犯上作乱者鲜矣。"家国一体，孝忠不二，郭孝子为皇家教导也颇见效，"萧云仙道：'晚生得蒙老先生指教，如拨云见日，感谢不尽。'"再加上萧昊轩对乃子的命令，于是萧云仙前去投奔平少保的平乱军。

郭孝子和萧昊轩对下一代的教导，不可当闲笔看过。小说中贯穿着"老辈人口气"，比如王冕母教王冕别去做官，娄焕文临终遗言，匡太公叮嘱匡二日子顺利了别势利起来……老年人是作为传统的体现者、社会理性的代言人来发言的。用弗洛伊德的话说：父亲人格是传统、文明的体现者。《儒林外史》着意要写至少两代人的心理变化的轨迹，从而写出这个民族的史诗性的绵延。还有一帮老年人自己身歪教邪不说，还存心把青年带坏，最典型的便是牛玉圃拉牛浦郎当徒弟，还有胡屠户对当老爷前的范进那声色俱厉的教诲。尽管那些劝青年人步入正途的话需要分析，如郭孝子劝萧云仙封妻荫子、青史留名是一派宋江口气，但牛玉圃辈的所作所为却是过去荒谬、现在错误、将来也是要不得的，吴敬梓绝没有凡是老年人说的都对的意思，只是与郭孝子一样是坚信为人要以忠孝为本，要有益于天下的。英杰人物比较显赫，何去何从不但关乎自己安身立命，还直接涉及国计民生，不但有道德风气的影响，还有直接的干城卫国、保境安民的作用。所以，萧云仙就得走上从军路。

　　然而，执政者嘲弄了在野的忠孝道德家。那些执政者并不被"心存魏阙"的忠诚精神感动，反而像是要专门摧挫这种精神、专门收拾那些精忠报国的赤子似的。吴敬梓那种无可奈何的郁悒便形成了苦情幽默的笔调，萧云仙便为了一个不被现状承认的信念去战斗，去接受现实的捉弄去了。

　　萧云仙去从军跟唐·吉诃德上征途一样隆重，为了显扬这种隆重，特意安排一个木耐来加以凸现。像唐·吉诃德领着桑丘一样，萧云仙也有了亲随伴当，而且像后来桑丘当了总督一样，木耐也当了总爷。萧云仙为干城卫国、青史留名的理想而战，奋发有为、主动献策，而当位的两位都督却"不准革命"，萧云仙"不敢言语"，这已透露了庸人执政、精英淘汰的消息。好在还有清官平少保，使萧云仙有用武之机，两位都督的畏葸、瞒哄不能得逞，萧云仙有劲使得出来了，结果也只是"平少保奏凯青枫城"，为王前驱者萧云仙总算将小妾扶了正：由平少保赏给的千总变成了个"实授千总"。而率大军不敢向前的两都督却听到了"回任候升"的天国缩音，因为他们足智多谋："像这等险恶所在，他们必有埋伏，我们尽力放些大炮，放的他们不敢出来，也就可以报捷了。"可以相信的是，他们再迁升上去，那国家的安全必难保障了。司马迁发过的李蔡为人在中下，竟得封侯的感叹还在重复。官场与科场一样都是黜佳士而进凡庸的。

佳士也有得进时，此刻，萧千总萧云仙能略展宏猷了：首先是奉令筑城，历三四寒暑，终于成功；又出榜招集流民进来居住，城外就叫百姓开垦田地；又怕旱地遇荒年，便兴修水利："因动支钱粮，雇齐民夫，萧云仙亲自指点百姓，在田傍开出许多沟渠来。沟间有洫，洫间有遂，开得高高低低，仿佛江南的光景。"萧云仙那大祭先农的举动虽比虞博士大祭泰伯祠的规模小，但异曲同工，一实一虚，旨在鼓舞民心民气。他那与民同乐的循吏儒将风范也是百姓祈盼、拥护的。他还是绿化祖国、植树造林的模范。诸凡国防、人口、农林、水利，这些国家经济中的命脉性问题，他都处理得很好，而且有显著政绩。他还大力抓"精神文明"建设，兴办学校，"开了十个学堂，把百姓家略聪明的孩子都养在学堂里读书"，显然还是义务教育，因为边鄙土民还不知读书是体面之事，须经教化——包括萧云仙与学优者"分庭抗礼、以示优待"这样的诱掖奖劝之法，才算展开了文化教育事业。至于以兵丁充师选、教八股也都是无可厚非的。然而,萧云仙得了"任意浮开,勒限严比归款"的下场,理由是边地有的是水草,其草木灰可以降低材料成本,新集流民充当工役可以降低人工成本,他报的账太高了。这回"朝廷"又节俭过日子了。至于萧云仙潜心工作,励精图治没有"部查",兴办农田水利、学堂没有看到。他没有贪污拿什么"归款"? 这仅仅是个赏罚不公、是非不分的问题吗?

　　吴敬梓满怀希望地让萧云仙这样的人物来"补天",然而天之需补与补天者被降职查办是同一个原因。从飞将军百战不封侯到萧云仙因功成罪,中间还有一大串忠臣遭贬逐、被杀戮的冤案,这不是个别朝代、某个昏君的偶然的病症,是专制政体结构性痼疾:小人得志、英雄失路;庸人执政、精英淘汰。武正字的分析极痛快:"边庭上都督不知有水草,部里书办核算时偏生知道。"(《儒林外史》第四十六回)左右耳光单打一处,都督像《阿Q正传》中的假洋鬼子一样"不准革命",部里等萧云仙"革命成功",却来清算。那种官僚机制真是世上最高明、最客观、公正、健全有效的了。萧家父子面对"朝廷功令"的心境足堪与宋江大哥之"朝廷负我,我忠心不负朝廷"相比美。萧昊轩的临终遗言还是"为人以忠孝为本,其余都是末事"。"以忠孝为本",不仅是萧昊轩的宗旨,也是南京虞博士以下的那些大小贤人们的宗旨,这是武正字亲口告诉萧云仙的:"这边有几位大名家素昔最喜赞扬忠孝。"他们是真道学。然而,现状嘲弄的是真道学,得便宜的是假道学。素以政教合一著称的宗法王朝,其内里却是"政"常常开"教"的玩笑的。官场中实际运行的套数使教养变成辞藻,而且谁真信奉那些辞藻谁便是呆子,

"势"与"道"是永难合一的。萧云仙再以忠孝为本，也无法求得一份公平。卧评认为，像萧云仙这样"能养能教、又能宣上德达下情"的"有体有用之才"，是因为"限于资格，卒为困鳞"，其实限他的何止是"资格"？像萧云仙这样被嘲弄的真才在旧时代真是车载斗量，看到他拿着反映他"半生业绩""半生忠悃"的画册找武正字题咏，以期不朽时，我们不知道是该哭，还是该笑！

汤由和汤实

　　一般的《儒林外史》读者，一时很难想起此二宝贝为谁？他们便是汤奏汤镇台的二位公子汤由和汤实。此二位公子能讲出让鲁翰林及其女鲁小姐、高翰林及其友施御史辈感到大逆不道、亵渎圣明的事情。他们对朝廷圣典也不是不重视，而是重视到了天天讲、处处讲的地步。

　　二位公子和汤老六像默契的相声演员一样，汤老六捧得好，二位公子逗得有声有色。他们讲的是科考场面，因为是讲给姑娘听的，所以只讲皮相，不析肌理，及至兄弟俩在船上切磋起来，便是"揣摩"真功了。高翰林在第四十九回论述过："揣摩二字，就是举业的金针了。……若是不知揣摩，就是圣人也不中的。"所以，杜少卿有真儒精神是"过"，这两位汤公子没有开窍是"不及"，所以都"中"不了。

　　有趣的是，二位公子赴妓院，"大晴天白日，提着两对灯笼：一对上写着'都督府'，一对上写着'南京乡试'"。这"都督府"的灯笼打着是吓唬细姑娘和乌龟的，尔后大公子打着这个灯笼去营救过被无赖包围的二公子，有点实用价值。这种招摇把戏，除了证明这对宝物"不通"外，就剩下令人啼笑皆非的"隐讽"了：乡试与这种地方在他们的人生旅程中"将毋同"。

且看公子说科场的正文："大爷道：'贡院前先放三个炮，把栅栏子开了；又放三个炮，把大门开了；又放三个炮，把龙门开了：共放九个大炮。'二爷道：'他这个炮还没有我们老人家辕门的炮大？'大爷道：'略小些，也差不多。放过了炮，至公堂上摆出香案来。……布政司书办跪请三界伏魔大帝关圣君进场来镇压，请周将军进场来巡场。……布政司书办跪请七曲文昌开化梓潼帝君进场来主试，请魁星老爷进场来放光。'六老爷吓的吐舌道：'原来要请这些神道菩萨进来！可见是件大事！'……大爷道：'每号门前还有一首红旗，底下还有一首黑旗。那红旗底下是给下场人的恩鬼墩着；黑旗底下是给下场人的怨鬼墩着。'……六老爷道：'像我们大老爷在边上积了多少功德，活了多少人命，那恩鬼也不知是多少哩！一枝红旗，那里墩得下？'"多么洗练、漂亮地勾出了多少胡枝扯叶、故作真实者的神韵精髓！汤大爷饱学渊博，时而似道士作法，时而似和尚放焰火，连缀出三教同席的圣典！惊得汤老六终于知道了科考是大事。

对于这几位说科场、听科场的人来说，八股举业不该废止，反而应该大大推广普及。当时的教育状况实在是太落后了，落后得贵为都府公子也还在"拍髀击缶"水平。汤老六及广大的细姑娘们还根本不知道教育——哪怕是八股体制的教育为何物呢。八股对广大智士是愚弄、戕害、束缚，或用龚自珍的话说是"戮心"，但对更广大的公子、姑娘是武装、教化、调理、整顿、提高，是使他们脱离野蛮人状态走向文明的重要环节。呜呼！

就是贵至都督府衙内，也得在科场成功才算是成正果。高翰林亦有言，唯有甲榜才是正途。这对于范进们倒是福音：真平等也。进考场的程序也有它的民主性，帝子神孙与贩夫走卒一律平等：汤由、汤实和平民子弟一样，大清早到贡院前伺候，"一直等到晚，才点他们"。"大爷、二爷自己抱着篮子、背着行李，看见两边芦柴堆火光一直亮到天上。大爷、二爷坐在地下，解怀脱脚。听见里面高声喊道：'仔细搜检！'大爷、二爷跟了这些人进去。……"这一句一个"大爷""二爷"真写出了别种滋味，使我们顿时明白了：难怪娄三、娄四要做高人、养贤人去了。而且，他们的"老太爷""都督府灯笼"等高人一等的特权饰物都未能包办他们成功。"都督府"本是他们眼中的这个世界的出发点，他们"揣摩"科场的"表题"也主观唯意志主义："我猜没别的，去年老人家在贵州征服了一洞苗子，一定是这个表题。"但一厢情愿毕竟不是揣摩的"金针"，揣摩正是要调教他们那"我以为"出来的"一定"的，他们拒绝调教，结果自然是："放出榜来，弟兄两个都没中。坐在下处，足足气了七八天。"汤老六安慰他们，让他们等着一品的荫袭吧。

公子不说科场了，吴敬梓接着说："领出落卷来，汤由三本，汤实三本，都三篇不曾看完。"他们当然要大骂考官不通了。二汤不但未能金榜题名，他们的老人家又剿了一洞苗子却使他们成了落难公子。他们喝了酒，还要唱歌，说啥都是满嘴喷粪。汤奏想给他们请余大先生做塾师，大公子上了个不伦不类的名帖，被余大先生拒绝了。这对宝贝是典型的"官二代"，恶赖而已，不但没有什么头脑本事，也没多大的人味，是饭桶与垃圾桶合二为一的"二桶"。

汤奏

汤奏,乃高要知县汤奉之弟,汤由、汤实两公子之父,给龟公王义安的妓女介绍主顾的汤老六的叔父,自然这些宝货的种种不肖不能由汤奏来负全责。仅就家族风范而言,汤奏与萧云仙就已经不同了。我在此将汤奏与萧云仙连举并称,认为他也是体现了吴敬梓重兵农思想的理想人物,不过这是缺乏分析的。其实,萧云仙是个五伦全备的孝子能员,在青枫城既劝农又办学,是个真正的兵农学养齐重的、振兴瘫弊的儒将,汤奏则扬才露己,以捍卫"朝廷体统"为名大动干戈。吴敬梓固然没有民族政策的概念,但也没有把汤奏之"多带兵马"当作"重兵"(发展军事)加以表彰。这两位武将的思想境界、志向追求有很大的差别,他们受到朝廷阴鸷的玩弄则是一致的,可谓殊途同归。吴敬梓写了一个萧云仙,又写一个汤奏,不是为了重申兵农振国的思想,而是为了揭发朝廷"有功不赏",摧挫士气的阴损、荒唐。

我们似乎应该从两个方面来理解这个人物的"含意"。一方面,汤奏固然不是岳武穆(岳飞)式的干城卫国的英雄,但他有军事才能,指挥的伏击战是很漂亮的。正因为他有才能,才不甘寂寞沉埋、意欲大干一番，买通书办，改动批文，但后果证明他的热情是多余的。因为，另一方面，那个封建官僚系统已被疲惰弄到要闷死人的地步了，那一套文牍程序简直不是在指挥打仗，而是在指挥种地。"剿苗子"的性质姑且不论，就说剿一洞苗子就得经逐级审批知会才得动作，其效率可想而知何其神速：经一官衙"过了几日"，再经一官衙"又过了几天"。这种拖沓沉闷、迟缓笨重的办事章法，可能早使汤镇台难耐了，才用五十两银子买换了批文一字。及至发兵，又有一帮人坚持什么"晦日用兵，兵法所忌"，我们从中更多地感受到的是官场风气。吴敬梓写汤镇台的遭际就是为了揭示官场中鲜为圈外人所知的隐秘。

且看汤镇台为朝廷办事的经过，有个微妙的三部曲：第一，决议。关于处理"生员冯君瑞被金狗洞苗子别庄燕捉去"一案，雷太守主张"宣谕"，汤镇台主张剿拿，大概镇台积忿已久，才分外有火："既怕兴师动众，不如不养活这些闲人了！"雷太守精通为官之道，提议"禀明上台，看上台如何批下来，我们遵照办理就是了"。第二，胜而成忧。汤镇台出师大捷，唱着凯歌，回镇远府，他以为剿了苗子即大功告成，哪知成了的不算，专拣不成的问。雷太守与总督"所见竟是一样，专问别庄燕、冯君瑞两名要犯"，而汤奏偏偏疏忽了这个节目，愁得"一夜也不曾睡着"。第三，立功成罪。汤奏又出"奇兵"抓得了要犯，这总算胜利完成任务了吧，然而等着他的是"着降三级调用，以为好事贪功者戒"，并且是"上谕"。汤奏用热脸贴在冷屁股上，只能长叹一声。

"上谕"之不厚道、不讲理与汤奏热切效忠的心情够得上黑色幽默了，但不是"政治笑话"，而是"史话"。就算按督府批文"带领"，而不是"多带"兵马，就不是"率意轻进"了吗？而且已历经总督、知府的审批知会，怎么能把责任落在汤奏一人身上呢？"靡费钱粮"一语更是滑稽，证明汤奏彻底揣摩错了，他认为怕兴师动众，就不养那么多闲人了，而且不打仗的话，那些兵丁就不吃饭了吗？更何况是短促出击，又不是旷日持久的大战，要说"费钱"，倒是汤奏白赔了五十两。这种荒诞不经的处理，除了证明朝廷专门拿办热心办事的人外，别无通顺的解释了。如同太保公奏请不能起用庄征君庄绍光一样，都说明那个官僚机体已被腐朽塞得满鼻子满眼，上演的是没准则的"乱弹"，使好事者有劲没处使，也使真儒有理没处说，唯因循者得福，苟且者安详，最得意的永远是那些负势而下、自身没有一点重量的泡沫们。

汤奏和他的儿子们有共同之处，就是把意愿当道理。他对于朝廷、官场习性不是认识不够，就是认账不够，那个官僚系统以老成为美，并不以敢干为能，他那份建功业求闻达的设计实在是脱离了末世政治实际，像雷太守那样照章办事的圆滑老吏，万事都准备着一个"上头问下来"，便官运长久，因为与上峰同模同型且都是进士出身。看来，八股取士没有训练出别样才智，倒是训练出了自下而上去"揣摩"的神功。反正当官是对上负责，谁揣摩得对了，便能腾达，至少也能守成；谁揣摩错了，便立触霉头。不信，你瞧汤奏。

汤奏没有萧云仙那种儒将风韵是显然的，朝廷"有功不赏"，阴损地收拾他们更是"昭然"的。吴敬梓秉有对官场卑劣习性的观察力，他周围及他闻知的人中"有功不赏"反被拿办的，如杨凯、卢见曾、惠士奇等，推动吴敬梓写出汤奏的故事。吴敬梓有意识地要揭露清代皇帝惩治臣僚的惯伎，要写出君威难测、宦途风险、"旦夕祸福"，还要写出"功名富贵无凭据"。萧云仙、汤奏的因功获罪，并不是一般的是非不明、赏罚不公的问题，而是一个僵死的系统不容振作、皇帝及大僚们心术不正的问题。这里用耍猴儿来形容也许不够贴切，但萧云仙、汤奏的确是跳跃了一番，以为功成却被一阴掌打了个跟头。这种可怕的现象，以及比这现象更可怕的多次重复的惯性，扼杀摧残着一个国家的生机、一个民族的活气，把立志动作一番的人磨炼成沙丁鱼罐头中的认命虫，就拉倒大吉了。

"汤镇台成功归故乡"后，"也不到城里去，也不会官府，只在临河上构了几间别墅，左琴右书，在里面读书教子"。大概到了这时汤奏才知道，他的命运、奋斗的成果如同端在别人手上的一块豆腐，摔下来说碎就碎了。他是从官场那座"围城"中走出来了，尽管是不得已，但已知其无谓了。不过，"围城"外的人还想钻进去，汤奏本人也希望他那两位公子中了去，只是要请个好先生，认真掌握"揣摩"技术，以适应那个柔靡因循的官僚系统。

余大先生和余二先生

  如果说王冕的人格与薛家集的风俗构成鲜明对比的话，那么，这哥儿俩与五河县的隔壁账的势力风习构成了直接对抗。余特（字有达）、余持（字有重）兄弟二人的道德境界本来没有多少了不起的高，余大先生余特还明知是人命官司为得"秋风"居然说项，余二先生余持也就是不巴结人人都在巴结的方家人而已。只是五河县的环境势利透了心才显得这哥儿俩的操守与众不同。据研究，五河县写的是吴敬梓的家乡全椒，余大先生和余二先生的原型是吴敬梓的表兄金榘、金两铭，虞华轩的风格又有着吴敬梓本人的脾性。所以，这部分文字写得感情颇为外露，吴敬梓用极夸张的笔调了写五河县"非方不心，非彭不口"的势利习气。《儒林外史》四十四回中有这样一段概括性的叙述，写得很生动："那些奸滑的，心里想着同方家做亲，方家又不同他做，他却不肯说出来，只是嘴上扯谎吓人，说：'彭老先生是我的老师。彭三先生把我邀在书房里说了半天的知心话。'又说，'彭四先生在京里带书子来给我。'人听见他说这些话，也就常时请他来吃杯酒，要他在席上说这些吓同席吃酒的人。"这真是追魂摄魄之笔，写透了趋炎附势的小人的行径，一派浊烂恶赖。

　　余大先生、余二先生在这一片泥淖中崛起，也算得上是沧海横流的英雄了。就连他们的嫡堂兄弟余敷、余殷也将彭家视若神明，只有他们俩"守着祖宗的家训，闭户读书，不讲这些隔壁账的势利"。尽管吴敬梓在抽象的总评式的语言中极力赞美此二位先生"品行文章是从古没有的"，但在具体的描叙中，依然是瑕瑜互见的老习惯，绝不状贤人之高洁而近伪。余大先生像虞博士一样不避讳挣钱问题，明确宣称"要赶着到无为州去弄几两银子回来过长夏"。为了安葬父母，他毫不踌躇地接受了一大笔贿金，吴敬梓主要想借此事勾出余二先生"敦友谊代兄受过"，表彰余二先生不求彭家、不怕官的风骨。这些都显得很真实，因为写出了人物的分寸感。他们有操守，但不能唯意志主义地超越经济问题。吴敬梓写他们俩还为了吐吐关于风水的知识和骂骂迷信风水的人。余大先生就迁葬问题专门请教迟均、杜仪。这哥儿俩既反对看风水之地理学，又拜请正经的风水先生张云峰，既不信搬出灵柩之后再搬入会变穷，但还是须经张云峰择了日子再下葬。在"礼、利"之争上，别人迁葬看风水是为了"发"，他哥儿俩是为了"尽礼"，目的不同，形式上却无二致。这个小小细节正橐栝了真名士、假名士、真道学、假道学等貌同实异却"异"不到哪里去的秘密，也使我们看出了即使吴敬梓首肯的许多求真的人等，事实上还是那么无谓。他们又能做些什么呢？无非是"畅聚一日"，作"尽日之谈"而已。

　　比这哥儿俩生动活泼的是唐二棒槌、唐三痰、成老爹等，这些应运而生、体现着社会的细胞症状的家伙，他们那股子巴结奉承方家的劲头好像拿了方家的年薪月薪似的，其实，他们那么专业、专职的趋奉是为了标榜自己与方家是"一个人"，这对于他们很重要，是他们安身立命的根基。在这种低于批判水平的人渣中，余大先生真无用武之地，这些敌手太低劣，跟他们辩论根本不可能有什么够格儿的问题，只能是气得自家"两脸紫涨，颈子里的筋都耿出来""恼得像红虫一样"。齐省堂本《儒林外史》第四十六回评语说得相当沉痛透辟："虞华轩清操自爱，矫矫异人；余有达同气相求，喁喁莫逆。不意延师开塾，方翔白鹤于斋中；何期俗状尘容，顿集青蝇于座上。倾谈论古，几于正不胜邪；信口开河，反觉寡难敌众。可知互乡沉痼，虞博士化导应穷；无怪安土轻迁，杜少卿逍遥远遁耳。"从生活细节中透显社会的真实结构，这是《儒林外史》尽管从外观的层面入笔，依然写出了深邃的意蕴的关键点。余大先生敌不过这帮恶赖是他，也是《儒林外史》所有正派儒者的悲凉处。在节孝祠堂前，余大先生对虞华轩说："表弟，我们县里，礼义廉耻，一总都灭绝了！也因学堂里没有个好官！若是放在南京虞博士那里，这样的事如何行的去。"

等到余大先生终于做了一县之学官，就在自己的权限范围内，鼓吹礼乐事业，表彰贤达，与人"谈的都是些有学问的话"，召引了不少秀才，那些秀才们"人人自以为得明师"。这尤其使苦执了三十年的王玉辉感慰不已，他那份真诚的谦恭让人悲悯难耐。王玉辉已六十多岁，但持"门生"帖，称余二先生为世叔，与历届学官"不过是公堂一见而已。而今大老师和世叔来，是两位大名下，所以要时常来聆老师和世叔的教训。要求老师不认做大概学里门生，竟要把我做个受业弟子才好。"卑微惯了的人，能受到一点礼遇便感激得不知道说什么好！其实，身为学官的余大先生并没有王玉辉心诚志坚，也没有像王玉辉那样写"有功不浅"的礼教著作，王玉辉为完成那三部书，不肯坐馆，清苦至极，然而他偏偏得不到朝廷的简拔，终于遇到了一个理解他的学官，便老泪纵横地感激不已，这真是标准的清寒苦士的心态，实实在在地揭示了那个社会的"倒错"机能。余家兄弟也真是好官、好人，既给王玉辉物质鼓励，又给了王玉辉精神鼓励，使他更加信仰礼教的光明、神圣，从而在他同意女儿死节一事上起了推波助澜的作用。余大先生隆重地送王三姑娘入烈女祠，导演了一幕祭烈女的大戏，"为伦纪生色"。本该官员去抚慰烈属，却是"王玉辉到学署来谢余大先生"，感谢余大先生操办了旌表事宜。王玉辉与余大先生均认为此举是神圣的。余大先生是个"胸怀坦白，言语爽利"有真气的人，是虞博士贤人事业的后继人。余大先生、余二先生改变不了"非方不心，非彭不口"的势利风习，当了抓意识形态的"学官"也只能活在有情无奈之中。

市井四奇人

　　常说真诗在民间，吴敬梓在这回要说的是真人在民间。市井四奇人是《儒林外史》这座大山的矿，矿是山的主题，它藏在山里面，小说不能说教，必须让情绪打动人，让人物的命运所包含的那个意思打动人。吴敬梓写完市井四奇人悲凉也悖论地发问："难道自今以后，就没一个贤人君子可以入得《儒林外史》的么？"吴敬梓写不动了，他的"惊奇"和"兴趣"都使完了。结穴于"琴棋书画"，艺术是最后的"托儿"，因为艺术是最需要性情也最能保全性情的行当的了。艺术也是一种能耐，没有能耐，季遐年能那样骂施家人吗？王太如果下棋输了别人会邀请他喝酒吗，能够得以那样拒绝他们吗？没有能耐就没有实力，就讨不回尊严。吴敬梓知道光是率性而没有能耐本事是吃不开的要吃瘪的，没有本事的率性只是撒娇而已。男人撒娇丑不忍睹。

　　回目上标"添四客"，其实是五客，最后的于老者"清闲自在"，在"城市山林"过着桃花源的日子，也不读书也不做生意，领着儿子"灌园葆贞素"，这是吴敬梓晚年部分生活的写照，也是他最后的乌托之邦，因为事实上他没有那么多亩数的地，只是他的最后一个

"愿意"，也可以说是吴敬梓的"愿景"。因为吴敬梓曾经是有过那么多亩地的，而且吴敬梓的意愿在清闲自在，不在地有多少亩，所以只能说是吴敬梓的愿意。全篇结束于荆元的琴把于老者弹哭了，吴敬梓的心曲是悲凉的，他在告别这个世界，所以我们要用"告别"的眼神心思看这最后一回。季遐年是冀（希望）遐年，是"思来"，盖宽则是"述往"。盖宽对待银钱的态度是杜少卿一伙的，吴敬梓颇有借盖宽凄凉的穷苦生活的来龙去脉给自己结账的意思，又借着他们去凭吊泰伯祠对贤人的千秋大业做了最后的拜祭，可与《桃花扇·余韵》参观对读。下面是最出情绪的段落之一：

> 盖宽道："你老人家七十多岁年纪，不知见过多少事，而今不比当年了。像我也会画两笔画，要在当时虞博士那一班名士在，那里愁没碗饭吃！不想而今就艰难到这步田地！"那邻居道："你不说我也忘了，这丽花台左近有个泰伯祠，是当年句容一个迟先生盖造的，那年请了虞老爷来上祭，好不热闹！我才二十多岁，挤了来看，把帽子都被人挤掉了。而今可怜那祠也没有照顾，房子都倒掉了。我们吃完了茶，同你到那里看看。"说着，又吃了一卖牛首豆腐干，交了茶钱走出来，从岗子上踱到雨花台左首，望见泰伯祠的大殿，屋山头倒了半边。来到门前，五六个小孩子在那里踢球，两扇大门倒了一扇，睡在地下。两人走进去，三四个乡间的老妇人在那丹墀里挑荠菜，大殿上隔子都没了。又到后边，五间楼直桶桶的，楼板都没有一片。两个人前后走了一交，盖宽叹息道："这

样名胜的所在，而今破败至此，就没有一个人来修理。多少有钱的，拿着整千的银子去起盖僧房道院，那一个肯来修理圣贤的祠宇！"邻居老爹道："当年迟先生买了多少的家伙，都是古老样范的，收在这楼底下几张大柜里，而今连柜也不见了！"盖宽道："这些古事，提起来令人伤感，我们不如回去罢！"两人慢慢走了出来。

斜阳古道上"古道人"对"这些古事"的伤感，是把于老者弹哭的那一曲《高山流水》的真意之所在。盖宽把店铺弄塌的方式和过程与景兰江相似，然而不作时文只作诗的景兰江追慕的是时尚，不是古道，所以在《幽榜》上位次不高。刘咸炘的《小说裁论》中有几句至为老到的评语："说四客以为阕音，四客各明一义：季忘势、王率性，盖齐得丧，荆蹈平常，四者合则大贤矣。"权势及势力见识使全民精神普遍沙化，能够"忘势"的人格就是中流砥柱、沙漠绿洲了。率性之谓道，王太的率性就是喜欢下棋就下棋，不为来日计，赢了棋已经快活了何必再和你们去喝酒！最难的是"齐得丧"，庄子标榜的齐物论落实到人格上的相当稀少，得失计较是最活埋人的，盖宽对银钱能够齐得丧、失去家产不改襟怀，对于泰伯祠的凋敝和贤人的流散还是伤感的。荆元的平常心倒是战胜困难和歧视的精神力量。吴敬梓用小说形象表达了抵抗"非存在"（如功名富贵）的威胁而坚持人之自我保存、自我肯定的努力。这种自我肯定而不是假名士那种自我标榜达到了这样一种深度：拥有了自己的实际本质，从而拥有了灵魂所具有的力量。"琴棋书画"与"功名富贵"是讲求内在生活与追求外在辉煌的两条不同的道路。向外转的假名士像西方学者批判的那些与商品逻辑同流合污的后现代"知识分子"：总是在追求最大化的明星轰动效应，内心并无一定之见，既没有思想资源，也谈不上坚守如一的信仰，他们实际上是社会噪声的制造者。吴敬梓式的见识高贵而意态沉着的精神贵族气质，像没有污染的空气一样日见稀薄了。爱因斯坦说的——我们之所以需要古典文学，就是为了知道除了现行的活法之外，还有别的活法，从而对治流行的俗气——其实就是在呼吁这种精神贵族气质。这种精神气质的要害在于"知耻"、敢于放弃，尤其要放弃加入"主流"（主流往往就是末流），放弃"功名富贵"。说四奇人是"矿"就在于他们是吴敬梓最后的"坚持"，是吴敬梓价值观的人格载体。人格，人格，一失人格，万劫难复。四奇人就是人格的格调，四奇人可以是一个人——有人格的人。当然也须有能耐，最没有能耐的是盖宽，他走到坐馆当私塾先生的队伍里去了。这也让我们长出一口气，他饿不死了。

吴敬梓认为，人的基本境遇便是"多歧路""无凭据""知何处"（《儒林外史》第一回），所有的路都是让人蹚的，也都是捉弄人的。一切都是个匆匆而过，一切都是个不了了之。而且，人物一茬一茬地换届，但事儿还是那些，所有的老问题因不了了之反而都存在，而且流行的成了主流的、主流的成了流行的，唯有恪守古道才可能守住自己的性情。士种不但相对古代在退化，就是书中人物也以递进的趋势在退化，贤人一代不如一代，假名士一鳖不如一鳖。人如过河之鲫，那河床却是不动的。《儒林外史》时间跨度很长：百年，非但不是一日长于百年，反而是百年恍如一日。横跨数省的地理幅面也没有拓宽生存空间：任何地方的人都背着权与钱这两块枷板。

乡下人还是那样的乡下人，老例还是那样的老例。他们那万变不离其宗的把戏把他们变成了被游戏的东西，环顾神州大地，"花坛酒社，都没有那些才俊之人；礼乐文章，也不见那些贤人讲究。论出处，不过得手的就是才能，失意的就是愚拙；论豪侠，不过有余的就会奢华，不足的就见萧索。凭你有李、杜的文章，颜、曾的品行，却是也没有一个人来问你。所以那些大户人家，冠、昏、丧、祭，乡绅堂里，坐着几个席头，无非讲的是些升、迁、调、降的官场；就是那贫贱儒主，又不过做的是些揣合逢迎的考校。那知市井中间，又出了几个奇人。"这四个小奇人是续大奇人杜少卿的香火的，是杜少卿活法的最后的回光返照。不但盖宽直接像，就是季遐年所像的虞华轩，也是杜少卿的影子，他们的风格与杜少卿颇为相似，都隐栝了吴敬梓的经历和性情。再重复一遍，他们是像"古今第一奇人"的四个小奇人。他们"奇"就"奇"在为自己活着，不为帝王、八股活着，他们对于权和钱"无欲则刚"，争取到了人格的独立；季遐年迎着脸大骂施御史的孙子："你是何等之人，敢来叫我写字？我又不贪你的钱，又不慕你的势，又不借你的光，你敢叫我写起字来！"只有不仰人鼻息，才能挺直了腰板。

在《儒林外史》中，市井四奇人作为压轴人物，出现在"虞博士那辈人，也有老了的，也有死了的，也有四散去了的，也有闭门不问世事的"，然而吴敬梓的人文理想并没有泯灭，于一塌糊涂的沦陷之中，让四奇人横放特出，他们既是奇人"薪尽"之"火传"，又有着"别一世界"的风度。在他们身上体现了吴敬梓对生活道路的设想。吴敬梓深知，原为四民之首，能提携万物的"士"，沦落为虚妄的漂流者，甚至堕落为借宦途以攫取功名利禄的名教罪人，除了政治风气不良、理想的陨落、"仅此一条荣身之路"的腐蚀这些原因外，主要的是知识分子在经济、精神上不独立，不可避免的寄生性、依附性强有力地扭曲着他们的本性。不能仅单纯地寄希望于精神境界的提高，他们要恢复本性，还必须争取不依靠别人独立谋生。貌似自律的道德从来都是一层皮，贴在利益和需要之上。晚年过着"灌园葆贞素"生活的吴敬梓，已经悟透了个中道理，借四个奇人表现出来，以此为社会提供一种健康的心理。

季遐年既以写字为生，又以写字自娱，耿介嵚崎；王太是个着棋高手，却安于当卖火纸筒子的小贩；开茶馆的盖宽，诗画自娱，由小康堕入贫困，就安于贫困，也不像景兰江那样去附庸风雅，"呆气"依然不改，犹自对生活保持超然的审美态度；"末一尤恬淡，居三山街，曰荆元。能弹琴赋诗，缝纫之暇，往往以此自遣。"（鲁迅《中国小说史略》）他们与那些本是商人市侩硬要去邀取高名的自欺欺人之徒正相反对，也与那些文人无文的枯木朽株形成反照。吴敬梓有深意地进行着错位处理，互反性构成法为小说增添了戏剧化的场景：雅得太俗的景兰江、支剑峰之流留下了笑柄，"文"到高翰林、鲁编修却愚昧懵懂，而"不是想做雅人"的季遐年、荆元等则显示了倜傥的个性、多才多艺的风采，高雅脱俗，安贫乐道，所以称得上是"奇人"。吴敬梓塑造充满雅人气质的"四客"，着眼于他们凤有"君子"之风的一面。他们能自食其力，便在那个"锢智慧、坏心术，滋游手"的社会里，取得了独立自足的人生形式，过着"又不贪图人的富贵，又不伺候人的颜色，天不收，地不管"的快活生活，在一定程度上实现了对"文化异化""精神异变"的事实上的克服：告别了奴性人格。仅此一点，对短暂的人生来说，就是很令人欣慰的了。

比吴敬梓稍前，蒲松龄先生朗声宣布："自食其力不为贪，贩花为业不为俗！"《聊斋志异·黄英》作为一篇反映作者生活情趣的小说，宣扬着知识分子既要自食其力、发家致富，又要有文人的雅兴、情趣和教养的生活观念。除了"聊为我家彭泽解嘲"希望发家致富外，高洁、清盈的黄氏姊弟与四奇人的生活方式是一致的。两位伟大的作家共同表达了自食其力、"自以为快"这样一种美学化的人生哲学，对经济因素的关切，也是对"处境"的发问。吴敬梓在长篇中屡屡说及"一碗现成饭"。人是境遇中的存活物，所有的高调都得服从这个前提，所以必须有能耐，这才是底线。但是，如果像匡超人那样吃饱了还"贪嗔痴"就是"蛇井"中踩着别人往上爬的蛇了。吴敬梓多么想把"蛇井"炸开，炸成一个仁慈的世界啊。

全书在荆元的"凄清宛转"的"变徵之音"中收束，不但透露了吴敬梓的淑世深悲，也写出了奇人只能争取到内心平静，实际上无路可走的悲凉心境。一代文人的厄运到四奇人这里依然拨动它悲凉的颤声，这颤声是对失落了家园的张望！他们与开篇的王冕遥相呼应。王冕两次半夜逃走，最后回家，家园已然"蟏蛸满室，蓬蒿满径"，如同大祭后被"尘封"的泰伯祠。四客的"前途"也是令人"凄然泪下"的。吴敬梓借王冕"檃栝全文""添四客述往思来"，这个布局像浸透了汁水似的浸透了长篇的目标感、悲剧感。隐士、贤人、奇人都不可能改变那个利欲熏心的无耻的社会。这份悲凉是吴敬梓的创作心境，也是全书臧否人物内在的价值标准，更是《儒林外史》的喜剧深刻别致的原因。这部喜剧巨著深层的支配性的底色是悲剧，这悲剧情绪的意蕴是由文人的沦落、奇人的穷途哭返织成的。

类型人物例释

　　美国作家辛格说："看法总要陈旧过时，而事实永远不会陈旧过时。"现实主义的价值就在于提供了这种不会过时的事实，尽管这事实是吴敬梓看出来的、写出来的，是包含了看法的。素有风俗画之称的《儒林外史》也为儒林以外的众生照了相，从篇幅上说，比写儒林的不少，有时候儒生的事情简直是个"托儿"，为了托出社会相，譬如为了蓬公孙那个箱子差人敲诈马二。里甲保正、小贩老鸨、和尚尼姑、术士牙婆、衙役门斗等是社会的大多数，各有自己的身段脸谱、自己的光荣与梦想、自己的门路和道道。吴敬梓生活在他们中间，但是吴敬梓是一条在水中知道水的鱼儿，有使命感，对命运的神秘感也保持着神秘，不给他的人物命运作判词，写他们的面相，让读者去给他们"相面"吧。鲁迅说《儒林外史》开近世谴责小说之先河，鲁迅自称想学吴敬梓写出社会的某一角又感慨自己没有那本事。鲁迅笑谈自己的杂文是路边地摊的小杂货，相当于正史中从来没有的"泥瓦匠列传"。《儒林外史》中的这些小人物画像恰似"泥瓦匠列传"了。希腊古谚："命运的看法比我们更准确。"我们看这些小人物不要心存优越，我们自己因为再也没有吴敬梓了，连入这外史列传的资格和机会都没有了。

《儒林外史》对《官场现形记》《二十年目睹之怪现状》的直接影响，一是结构，二是写诸色人等的素描法。《儒林外史》长卷像《清明上河图》，一个段落连接另一个段落，每一个段落有个旋涡中心，一个旋涡一个旋涡得顺流而下，物换星移，变换不已，所有的人和事既没完没了又不了了之。小人物的故事合在一起看，符合作者取类象形的本意。而且，即使有点不情愿也不得不承认作者着力要塑造的大人物往往有些呆滞，如虞博士；反而围绕着小人物的场景却非常丰富有力。

1. 吏役差仆

衙役是当时现实生活的重要角色，展现当时社会面貌的长卷自然会频频写到衙役，《儒林外史》中的衙役是社会溃疡的病灶，他们是合法黑社会。

第一回最活跃的人物是翟买办，他一会儿吓唬王冕，一会儿"扶"县太爷的轿，一会儿跪在大老爷面前。如果用运动吸引眼球的视觉艺术理论，翟买办最吸引眼球——属他忙乎，狗腿子肯定是忙乎的，他们不忙乎也就没有生意了。在当时人眼里翟买办比王冕活出来了，在知县面前说得上话，是衙役里的头目了（"头翁"），秦老让自己的儿子拜他干爹而不会拜王冕为师的。他聪明绝顶，能够在一件事情中得两边的好处，知县给王冕的润笔费他拿下一半，又在秦老和王冕面前落人情得王冕的差钱。翟买办永远也不会理解王冕的逻辑：老爷拿，去；请，不去。翟买办不知道这里面的奥秘，不知道天壤之间有种比命金贵的东西叫"气节"。他只知道"便宜"，用酸词说叫作利益最大化。尽管他这个买办只是个给老爷跑腿采买、从中揩油的仆役，不是买办资本家之类的买办。

第十三回蓬公孙的丫鬟双红和宦成（患成）讲王惠留下来的箱子，差人一脚把门踹开，告诉宦成苦尽甜来了。这个差人又去请教一个老辣的差人："事还是竟弄破了好；还是开弓不放箭，大家弄几个钱有益？"老差人一口大啐："破了还有个大风？""还亏你当了这几十年的门户！"当门户的意思相当于不是普通民居而是门脸房，是混在市面上脸朝外的角色。这个差人本来要讹的对象是蓬公孙，但是寻觅了一个蓬公孙的相好的下手，因为直接找蓬小相就弄破了。一是蓬公孙本来占理，他正要气势汹汹地捉拿宦成找回自己的丫鬟；二是蓬公孙如果不认这个套任官府处理，这个差人就啥也捞不到了。所以，他们必须找一个不明真相又怕出事的人。这个计划还不能让双红知道，双红对蓬小相是有感情的，肯定会觉得这种敲诈太葬良心。问题的另一方面是不如此还真不能让蓬公孙撤讼。差人左瞒右骗的，既在替宦成消灾，又在替蓬公孙解难，多么高尚有能力啊。在他把宦成叫出来密谋时，作者闲笔生花：一个人挨了打，又没有伤喊不得冤，自己打又怕官府验出来。这个差人一砖打破那人的头，那人着实感激，抹了一个血脸，往衙前喊冤去了。这就是"警察"的手段，让宦成学了一个乖。

这个差人本着公门好修行的"良心""本心"动员马二先生赎回蓬公孙给了丫鬟的箱子，说宦成因为是钦脏开出天价，"血心"的马二先生披肝沥胆的诚挚、彻底见了底的银子数目，总算达成协议。差人与马二先生的谈判占尽主动、两边瞒骗，所以能够左右局面，别人只有任他逼笼拿捏。从马二拿得九十二两银子和丫鬟与宦成的婚书，只给了宦成十几两，宦成嫌少，又把宦成骂得千恩万谢地走了，并没有交代他把婚书给宦成。这名差人这一单生意所得应该能够超过他两三年的年薪。靠山吃山靠水吃水，衙役只有这样在公门好修行了。看差人两番与马二折冲、描摹心思精致、歇后语贴切，不得不承认：写小说就是写语言。

官有官的贪法，如王惠；吏有吏的捞法，如翟买办；役有役的做法，如这位同时帮助了马二和宦成的差人。衙役的种类很多，第二回夏总甲吹嘘的"三班六房"的老爹都请他喝酒，三班是快、壮、皂，办事的差役；吏、户、礼、兵、刑、工六房的书办则叫吏，他们是行政的实体。他们恃强凌弱、欺上瞒下、调词嫁讼、敲诈勒索，在《儒林外史》中他们是小人物，到了《官场现形记》中他们成了主角，再到《活地狱》中他们就是神灵了。

宦成是私仆，翟买办是公仆。西方小说类型中有恶仆一类，如同中国的戏剧小说有义仆一类。仆，是标准的奴才，奴才有时候是一种荣耀，譬如清代只有满族的臣子有资格在皇族面前称奴才——咱们是一家人，而汉族的臣工是不能自称奴才的。宦成本是娄府的私仆，还是家生子，他父亲晋爵在娄府当了一辈子奴才。宦成拐走了蘧公孙的丫鬟双红，蘧小相把王惠的箱子给了这个丫鬟。蘧公孙如果不追究，就不会惹出差人讹诈。人，就是这样，谁都要"非如此不可"，于是生事事生。宦成保住了双红，还得了十几两银子，应该满足了吧？偏不，他知道差人拿得比他多，所以嫌少，所以再挨差人一顿臭骂才千恩万谢地走了。吴敬梓在写这些的时候，心里是多么悲凉呢？吴敬梓不会像罗曼·罗兰读《阿Q正传》那样号啕大哭，毕竟他是在要求哀而不伤的教育中长大的。

2.门客

当官的私人聘请的帮办叫幕僚,譬如蘧景玉是范进聘请的判卷子的幕僚,不是给朝廷办事的私人"幕僚"叫门客,可以是帮闲如牛玉浦之与万雪斋,能够委派去给姨太太到外地找雪蛤蟆是难得的肥差,也可以管家如娄焕文在杜少卿家,王胡子气不过杜少卿对娄焕文的态度,说娄只不过是个门客。标准的门客是杨执中、权勿用、张铁臂在娄府,张铁臂后来在杜少卿家主要负责喝酒、看病。这里举鲍廷玺为例吧,他被鲍夫人扫地出门自然也就没了戏班子,去找亲哥亲哥哥死了,回不了家,找到季苇萧,季苇萧给了他两钱银子就够了回家的盘缠,然后在杜慎卿那里"帮忙"给南京的戏子评奖。这时,鲍廷玺是杜慎卿的下等门客,相当于杜寓的杂役,出外面跑腿下帖子,在里面主人和客人喝酒他吹笛子,自然吃住都在杜寓。平时大方的东家会赏给门客银子,像牛玉浦吹嘘的那样,像杜少卿对待娄焕文家人那样;不大方的像杜慎卿不给鲍廷玺组建戏班子的银子,还巧做人推到杜少卿那里,还说就当我给你的一样。鲍廷玺在杜少卿这里见了新来的客人可以大笑,因为他能帮上忙,气粗;尽管在南京吹嘘是杜府的老门客,但是刚见杜少卿的时候,蹑手蹑脚,话也不敢说,等到用他的话说当了七八个月干篾片后,也会撒娇撒谎地要钱了。后来,鲍廷玺领着戏班子伺候两位汤公子时已经是江湖老油条了,也会揽生意、领着公子串私门子。公子觉得鲍廷玺"有趣"就留他喝酒,鲍廷玺见公子遇见了麻烦事就溜之大吉。门客的工作就是让东家高兴,"凑趣"是他们的基本技能,他们个个都是言语科高手(权勿用除外),尤其擅长拐弯拍马屁,不管雅俗,机智是有的,幽默是有的,水平最高的是季苇萧,他在荀玫那里是幕僚，在杜慎卿、杜少卿这里是"编外"的门客。季苇萧最后又当上了衙门的幕僚，到五河县去查当铺的黑戥子问题去了。门客以陪东家清谈为主，在《红楼梦》里围着贾政的那帮清客陪着贾政父子给大观园的匾额题词给世人留下了不可磨灭的印象，《儒林外史》中的清客就会说段子凑趣。他们的职业道德是揩油，他们就靠这个活着呢，说这是他们的职业道德是说他们必须且必然如此。

3. 从事迷信活动的人

王冕到了山东就是问卜卖画，买画需有钱有闲，问卜则有了钱还想知道再有没有的更想知道啥时有，有了灾祸的则想知道啥时能够没有了灾祸。许多东西过时了，卜筮从来没有过时。《儒林外史》从王冕、陈礼到陈礼的儿子陈和甫一线贯穿，这一类人物活动不绝如缕，大儒虞博士还给人家看过风水呢。吴敬梓对于卜筮文化可谓半晴半晴，既让有些预言应验也嘲笑有的装神弄鬼。王冕仰观天文发出一代文人有厄的预言，第七回完整地展示了扶乩的过程、玄妙的判词，不是个中人是写不来的，陈礼说的立即应验于荀玫的服丧，后来一一应验于王惠的投降宁王和逃窜四川，除了叙事的需要——使全书形成一个完整的网，也有吴敬梓的兴趣在其中。与情节发展合情合理得搅动在一起的应验的是潘保正对匡超人的相面，匡超人出来看下棋时遇见潘保正，潘保正看了他的手相、面相、骨相说了他眼前的虚惊（火灾）和贵人（知县）相助，说了他的发达和婚姻，在潘保正的实际帮助下杀猪卖豆腐的匡超人变成秀才又去了杭州投奔了潘三。谁都想知道自己的命运、改变自己的命运，所以能够预言命运的专家如陈礼辈的事业更能薪尽火传。这个行当也竞争激烈，用给聘娘算命的盲人的话说："上年都是我们没眼的算命,这些年睁眼的人都来算命,把我们挤坏了!就是这南京城,二十年前,有个陈和甫,他是外路人,自从一进了城,这些大老官家的命都是他霸揽着算去了,而今死了。"(《儒林外史》第五十四回)

陈和甫的儿子陈和尚和丁言志两个都是测字的,都念诗作诗,应该说是长篇中最后两位诗人了,如果不算来宾楼的聘娘的话。他们桥头大战是长篇暗淡的尾部最有趣的片段了。他们关于名士、名士脸的讨论也是全书的点睛之笔,到了他们这一代连陈礼那样的虽是算命的却也是出席过名士大会的名士也没有了,只有摆出一副"名士脸"唬人了。不但真名士、大贤人"风流云散",就连术士、假名士也一蟹不如一蟹了。这些也都在民间,他们与市井四奇人不同的不是社会地位、身份角色,而是内心的感觉、面对名利的态度。让人感动的是他们也有他们的记忆,以及他们那么充满激情的缅怀着莺脰湖大会。

附录：电视剧《儒林外史》编剧阐述

（一）电视剧不能做到但主创人员应该知道的

第一，《儒林外史》的空灵美最难表现。

《儒林外史》的讽刺来自"反思"，《儒林外史》的品味是"品"出来的。在拍摄过程中要下大力气营造一种"散文诗"的境界，像全书第一回王冕故事那么诗情画意一样，整部《儒林外史》是张岱时《湖心亭看雪》那样的小品集锦。在这方面有多少努力就能加多少分。《儒林外史》最后一行文字是："从今后，伴药炉经卷，自礼空王。"《儒林外史》全书都有着一副"以无住为住处""无所住而生其心"的空感和禅意。

第二，《儒林外史》的要害在于吁请将追求功名与追求学问分开——这才是知识分子的真正出路。《儒林外史》的主题浓缩成一句话就是反奴性、反对任何奴役之路——尤其反对虚无主义的实用主义之思想奴役，因为它能生产、扩大再生产持续增长的无耻。

《儒林外史》的主人公是铺天盖地的虚无主义和实用主义。这两种东西是交互为用的：因虚无而实用、因实用而虚无，从而将神州赤县变成了"五河县"。《儒林外史》中百般丑态的起点是无耻，无耻到了不知耻之为耻，从而才活得那么愚昧可怜，他们因丧失了存在的勇气而丧失了生命的尊严。《儒林外史》揭示了一个无知、无耻、无价值的三无世界。

《儒林外史》能够想出来的出路就是"休说功名"，就是自觉的"不入局"。这种不入局有似于"为人进出的门紧锁着，为狗爬出的洞敞开着"那种严峻的归属选择、如何活怎样活的生存选择。因为"入局"是以整个人生为抵押的，但对于有品位的知识分子来说，放弃富贵容易，放弃功名难。"君子疾没世而名不称"的高级功名心，是孔子以降的任何志士仁人都解不开的一个理念大结。经世治用是真儒的天职，行道是传教般的义务。"出，为道行；处，为道尊。"《儒林外史》呕心呼吁的"文行出处"是接着这条天道的，但是唯吴敬梓看透了"功名"已将天下读书人变成了"乞食者"，不摆脱功名的作弄，读书人永远难以站起来。所以，他才在《儒林外史》中响亮的提出："讲学问的只讲学问，不必问功名；讲功名的只讲功名，不必问学问。"并在结尾提出"自食其力"的道路问题。

第三，《儒林外史》是一部找准了18世纪士人及国人情绪的大书，它用平实而自然的手法来写一串一串的人物及他们的相逢与离散，勾画出一个可以名之曰"精神遭遇"的大故事，支撑这个大故事的基本冲突是文化记忆与文化现状的矛盾，再简化一下便是"文化与现状"的矛盾，全面展示了人文精神的遮蔽与失落。整部长篇的内在张力是称得上社会良心、人类理性的知识者处在汪洋大海一般的"流行文化"包围中那挣扎不出来的呐喊。《儒林外史》的取境和立意绝不跟着居于正统地位的意识形态或民间流行的市井心里走，而正是来"反思"这地久天长的活法的依据并追问其合理性的，而且除了《红楼梦》，没有哪部中国古代小说富有《儒林外史》这样的——人性的尊严、明白的理性、深切的疑问。

第四，在彼时的中国，"流行文化"是个丑不忍睹的称谓，它的内容则更丑：一是八股，二是假名士，三是全民皆兵般的趋炎附势的势利见识。在没有现代化的传播媒介还靠口耳相传构成声气的古代社会，这三类流行色以铺天盖地的普遍性构成令作者痛心疾首的文化现状。纱帽召唤着那些八股士，他们舍生忘死地去挤那一条独木桥，竞相比赛"揣摩"工夫，以举业为生命的终极停泊地，成为被八股吸魂器吸干了气血的空心人（如周进、范进），封建统治阶级却以三场得手两榜出身者为真才。吴敬梓指出，这其实是一场双向误解。

假名士则是"空头文学家"一类人物，他们是这个古老国家语文传统的寄生者。那个语文传统供给他们"精神资源"，让他们编织"诗"是一切的幻觉景观。他们本是玩感觉的闲人，却当起了相当活跃的文化明星，互相封赠大名士的称号，满怀着天下谁人不识我的良好感觉，欣欣然以为名士比进士享名多矣。然而他们一旦走出误解便七宝楼台塌陷，一无所有。

第五，吴敬梓写出了令人绝望的"发现"：人人都活在误解中，人人都是失败者。人们在忙忙碌碌追逐价值的同时背弃了价值，各种莫名其妙的误解使其陷入物质与精神的双重障碍中、陷入人与社会的双重脱节中，好坏正误都失去差别，荒谬无益的伪妄、铺天盖地的实利、实用主义，使得阴暗隐晦的价值虚无主义突然全面开花，空前通行又畅销，像过了明路一样地理直气壮。

第六，对付扭曲，最富杀伤力的办法就是反讽。反讽的定义多矣，但其基本属性在于它是把两刃剑，能一棍子打两拨人。面对文化与现状的双重问题，制度与人性两方面的毛病，反讽便成为贯穿长篇的一个基本态度、基本手法。

吴敬梓对这个世界充满自相矛盾的特性太敏感了。就像他必然选用了反讽一样，他必然选取了抑制高潮的叙述策略，而且这个叙述策略恰到好处地实现了反讽意图贯彻了反讽精神。

吴敬梓似乎故意在瓦解任何可能成为高潮的东西。这也许是他摆脱流行文化、主流文化、从大面积文化异化占领区中逃逸出来的对策：所有的路都是让人走的，也都是捉弄人的。一切都是个匆匆而过，一切都是个不了了之。

（二）关于主要人物的议论

1.范进

男，出场年龄五十四岁，本剧的三位核心男主公之首，也是全剧的灵魂所在，是原著中周进、范进、二娄等多个人物的融合，总体上是个"无能的理想主义者"。范进突出一个"迷"字，范进"迷"既是执迷不悟的迷，也是糊涂执拗的傻犟，他的成功也是失败，他的失败更是失败了。他身上起初还有生命挫伤的悲悯感，后来就是体制性的"颠顶混账"了。范进后来成了那个官僚体制的"莫名其妙"的化身。

书中介绍他的外貌是"面黄肌瘦，花白胡须，头上戴一顶破毡帽。穿着麻布直裰，冻得乞乞缩缩，那衣服因是朽烂了，在号里又扯破了几块"，比"李保田"还满脸褶皱，脏兮兮的。

范进在科举考试中考了三十多年，无一得中，困苦不堪，理想荒废，差点当了一个记账先生。他在取中之日却疯了，得胡屠户一个巴掌才打醒。范进原想从此做个好官，并以祭泰伯祠为志向，却身不由己，渐渐走上更加荒谬可笑的道路。到了最后，范进再次疯掉，然而也许这才是得到真正的清醒。

在他的身上，是科举的集中体现，加入了许多明清科举的故事。贤人们是教育救文化论、教育救道德论、教育救世道论，范进是教育升官发财论，他的教育是科举，是愚昧，是指桎梏人的枷锁，是牢笼，是奴役之路。从他身上看知识分子的死亡，死于压制、贫困、无知、无力等。总之，这是让人时时看到现状的东西才感人又具有表达力。

范妻胡氏，这样的女人很多，她的特点是不但恶俗而且混账。与胡屠户同样是压迫型的人物，总是关键时刻在范进的伤口上有意无意地撒把盐，没脑子，有些悍妇的外在特征邋遢、俗气，常常青衫绿裙，且衣衫不整。她与胡屠户互为补充地收拾着范进。她对生活也没有过高的要求，总是没有自我根据地抱怨，对范进的事情也懒得管，只要求范进对她好。她是世俗的窗口，使小环境加重大环境的压迫感。

2. 匡超人

男，出场年龄二十岁，姓匡，名迥，字超人，本剧的三位核心男主人公之一，原著中匡超人、牛浦郎、陈木南、魏好古、汤大爷、汤二爷等多个人物的融合，是真小人的典型。"小人好尽"，他在方方面面都无所不用其极。匡超人突出一个"妄"字。匡超人是永远得寸进尺地不要脸、永远不要脸地得寸进尺，因此能够在任何时候都翻脸不认人、有奶便是娘，是个邪恶至极的小人。匡超人想得到一切，因他不择手段也能够得到一些，然而他总是受"到手成空"的捉弄。

书中介绍他的外貌是"那少年虽则瘦小，却还有些精神。戴顶破帽，身穿一件单布衣服，甚是褴褛"。应该是魔术师刘谦那种脸型。性格特色是"乖觉""乖巧"。

匡超人是野心家、实干家，为追求功名利禄而不择手段。在他的身上，有很多现代人物质世界的投射。他本是个卖豆腐的小贩，一心想借科举荣身，并且还是个孝子，然而欠了夏总甲的债，为躲债一把火烧掉了自己的家。而后，匡超人踏上功名之路，做过选家，当过诗人，混过黑社会，干过替考枪手，和范进、马二先生先后结拜，冒名大诗人牛布衣，抢了杜少卿和牛布衣的诗据为己有，一次娶亲娶出匡娘子、王太太、沈琼枝、牛妻、聘娘五个老婆。然而在一系列荒诞的故事中，匡超人却一直青云直上，倒成了祭泰伯祠的主祭。在最后匡超人却发现自己原来大梦一场，自己毒死自己这一个黑色幽默也是其荒谬一生的最佳总结。

在他的身上，亦加入了《舌华录》、明清笔记中的许多内容。

3. 杜少卿

男，出场年龄二十四岁，姓杜，名仪，字少卿，本剧的三位核心男主人公之一，原著中杜少卿、王冕、蘧公孙、迟衡山、虞华轩等多个人物的融合，并且也带有作者吴敬梓的自传色彩。杜少卿贯穿性的性格特征是：生命的感伤。这个感伤既是悟，也是误，他是那么明白的糊涂、软弱无力，但是有一股谁都理解不了的"敢于绝望"的勇气，不入人人趋之若鹜的功名富贵的"局"，直到最后回归"贤人"心路、又与民间"四奇人"合辙，眉宇之间总有愁苦。

书中介绍他的外貌是"头戴方巾，身穿玉色夹纱直裰，脚下珠履，面皮微黄；两眉剑竖，好似画上关夫子眉毛"。"他是个呆子""纹银九七，他都认不得""听见别人说些苦，他就大捧出来给人用"（《儒林外史》第三十一回），显然，杜少卿的特点就是傻。虽是个"天下哪有这样好人"（《儒林外史》第三十一回，鲍廷玺语）的大善人，好像也是个不中用的货。杜少卿的念旧凸显了他活在记忆中、不肯走入"现状"的精神个性，他之"平居豪举"其实是平居豪赌，把自己的身家性命赌给自己的性情，用从古至今的市民哲学看杜少卿就是"犯傻"，这"犯傻"是一种合并着自然主义、浪漫主义、放纵主义的勇气，是自己拿自己冒险的"随性"。与一般的人投机、势利相反，他是反投机、倒势利眼，只可怜穷人，绝不巴结奉承当了官的进了学的。这是什么？这就是人们一向所说的"良心"。整部长篇的内在张力是称得上社会良心、人类理性的知识者处在汪洋大海一般的"流行文化"包围中那挣扎不出来的呐喊。杜少卿的一生是一曲没有"喊"出来而更让人揪心的失败之歌。

杜少卿在全剧中代表一股清流、一股正气，也是文人理想精神的一种寄托。他出身书香世家，诗名满于天下，却不耻科举，不应征辟，被管家等食客骗得散尽家财后流浪江湖，但胸中始终有不合群的傲气在。杜少卿在剧中却被反复折磨，曾潦倒不堪，也曾深深痛苦。他与沈琼枝情意相投，却娶了"八股才女"鲁小姐。杜少卿很迷茫，觉得"走出去也做不得什么事"，不屑于范进和匡超人走的道路，却也不知道自己该走什么路好。杜少卿为了记忆放弃加入现状而成为精神贵族的一个苍凉的造型。他的艺术气质使他成为一个败家子，也使他成为一个名士。他当得起那句俗话"真名士自风流"，只因那些假名士将"名士"弄得太脏了，我们才不得不改称为奇人。

杜少卿与贤人形象合并后就成了反抗现状而矗立出来的"思想的雕像"。我们需要挖掘的还是连环套一般的反讽。首先，遍被华林的势利风习、在朝在野的八股士、假名士大军把他们推为"孤岛"，在这个对比中被讽刺的是那些名利的奴才、道德上的残疾人，而不是他们，吴敬梓也正是要让他们形击那些虚妄小人。然而不幸的是，那帮无耻、无聊的丑类活得蓬勃昂扬，他们却活得很无奈，他们那份心明眼亮的内省精神也只够让他们无奈而已。这对他们是个不大不小的玩笑。其次，他们担荷着势与道的对立、现状与文化的矛盾，这是人文主义者的宿命，即使失败了也虽败犹荣。最后，如果说"势"开"道"的玩笑固然让人气闷还不至于让人绝望的话，那"道"本身让人泄气便是"最后一枪"了。杜少卿对古代礼乐文化的复辟意欲本是一种"伟大的误解"，太相信道德理想主义的教化功能了。但他并不是盲目乐观的热病患者，他像几乎自知失败是不可避免一样，无论搞大祭，还是应征辟都是一副"无可无不可"的派头。最终，还是挥之不去的"生命的感伤"。

在杜少卿的身上，亦加入了冯梦龙所著《古今笑史》中的许多内容。

4. 王太太

女，出场年龄岁三十大几。鲁迅先生说过，作威须别人不活，作福又需别人不死。她本名胡七喇子，当过"新娘"（小老婆）、王太太，直到成了匡超人的相公娘娘。这位威福成性的女人终于没有得到过幸福，不是因为别的，正是因为她威福成性。威福成性的人是相当容易受到挫伤的，其心理也相当脆弱，胡七喇子挣扎半世，最后弄了个失心疯，作为具体而微的人证，真是天下独裁者的殷鉴。"周进之跌倒以怨，范进母子之跌倒以喜，王太太之跌倒以怒；合而言之曰痰。"（天一评）注意，这里说的"痰"不是医学语义的，是精神心理意义的，是"唐三痰"那个痰，不能正确思维、鬼迷心窍之不开窍之谓也。她是《儒林外史》着力要写的"痰性人格"的典型。

痰性的有趣处是，王太太"财来病来，财去病去"，意外得到了银子，本来已因没钱吃药而病好了的太太又"啾啾唧唧的起来，隔几日要请个医生，要吃八分银子的药"。"卧评"说："天下妇人，大约如此。"其实是作威作福的痰性人大约如此，正不独妇人也。总得活着，又总是找碴儿生事，便是这类没有形而上水平的痰性人的总账。王太太只是以粗鄙的形式扩大了这种习性而已。得势时骂人，失势时更是咒骂不止，老天爷也没办法，匡超人无所不用其极也改造不了她。他要是万岁爷了，就更改造不了了，因为王太太的脾气正是皇后、太后的脾气啊。

王太太是独裁型的"流氓"，书中介绍此人是"一把天火"，在剧里将其描写成了一个大胖子。王太太恣睢得辛苦，是平民世界中的枭雄，好乱乐祸、不怕事、不嫌自己麻烦自尊太过。

王太太是一个喜剧人物，是典型的悍妇形象，在嫁给匡超人后，让匡超人吃尽了苦头。她有各式各样层出不穷的胡闹办法，本来是个粗蛮贪食的胖子，却时时刻刻感觉自己是个弱柳扶风的绝代佳人，口口声声都是"奴""奴家"云云。

5. 其他人物

原著中最精彩却难以在电视剧中表现的一是四奇人，二是二娄。

琴棋书画四客是作为理想精神薪尽火传神不灭的象征人物出现的，也是作家能想起来的最好的人生姿态，以琴棋书画为精神寄托的四奇人的含义，说白了是以艺术化的活法为"得道"、为不白活。这中间包含着无限的高超和无奈，让今日文人尤为心酸的是：这几乎是坚守知识分子"德行"的最后底线了，也是文人不想与世浮沉，做一点有安身立命价值的事情所必须坚守的"活法"，否则随念流浪，架空度日，追逐外物，自缠自陷，虽生犹死。这里揭示的根本问题又回到了是"向内转"，还是"向外转"这个思想道路问题。孤立地看，向内转没出息，向外转容易出问题。其实关键是"转了"以后干什么。内转、外转都有变成行尸走肉的可能性，做人与作文一样是得失寸心知的事情。

"琴棋书画"与"功名富贵"是讲求内在生活与追求外在辉煌的两条不同的道路。"现代社会"是要求任何人都得向外转的，但人们都向外转后，立即出现了人生的价值和意义究竟何在的问题。这也是我们今天解析《儒林外史》的动因。吴敬梓式的见识高贵而意态沉着的精神贵族气质，像没有污染的空气一样日见稀薄了。爱因斯坦说的——我们之所以需要古典文学就说为了知道除了现行的活法之外，还有别的活法，从而对治流行的俗气——其实就是在呼吁这种精神贵族气质。这种精神气质的要害在于"知耻"、敢于放弃，尤其要放弃加入"主流"（主流往往就是末流），放弃"功名富贵"。因此，我们有必要"表彰"杜少卿和吴敬梓那敢于绝望的存在勇气！

二娄作为今不如古、城不如乡、官不如民的专职闲谈家本应该受到寻找、重建文化记忆的作者的礼赞，他们的人生姿态与风格的"原型"还有着吴敬梓本人的一些影子呢，但作者对他们照"讽"不误，他俩与杨执中那场"误中缘"，甚至可以视为吴敬梓在隐喻式地讽刺着包括自己在内的迷古的一代对文化传统的误解心态。若用简单的二分法来处理，则沉沦在现状中的文化人是伪妄的愚人或奸人，而沉湎于文化记忆中的便是高人、高士了。吴敬梓以清醒的现实主义笔力写出了个中未必然。最典型的具有文化象征魅力的是杨执中一案。——原著中这一段是最为精彩绝伦的，可惜难以再现。

（三）语言问题

文化颓败的一个直接后果便是：语言的贬值。一部《儒林外史》又是一部儒林内外的人在说话的"史"，跟今天室内剧只是在磨磨唧唧地说话一样，我们该怎么办？这对台词提出了相当高的要求，还不见得能够落个好。直接挪用《儒林外史》原著的话又极其不现实，因为当今没有人能够感受出那种语言的味道。

原著中人"什么鸟儿出什么声儿"般地在那里嚷嚷，正是那此起彼伏的"聚谈"支撑起这个"精神遭遇"的大故事的。在不尽准确的意义上借用一句现代大话：语言就是世界观。我们区分贤人、奇人、八股士、假名士们的一个重要依据就是他们的言述品质，因为在那个谁也没有什么正经事可干的生活圈里，几乎唯有言述品质体现其文化品格了。

《儒林外史》中的士子们，除了贤人偶有正声、奇人发些高论，剩下的都是"废话一吨"，吹牛撒谎，胡枝扯叶，除了俗气入骨的恶谈就是无聊的闲谈，总之都是瞎扯淡。这醒目的退化大势至少昭示了士子从中心到边缘这样一个不可驳回的失败命运。《儒林外史》中士人之萎缩也是被"治"成的，就是品地最高的贤人、奇人也发不出什么石破天惊的"革命"大声音。

八股士、假名士那些像长疯了的花草一样多的蠢言妄语综括起来说就是：把官方"给定"的话语变成自己的话语，从而把自己彻底给定化——封闭起来，成为振振有词的"哑巴"。他们那"废话一吨"淹没了贤人、奇人那"微言一克"，貌似人文的东西遮蔽了真正的人文的声音。这类"知识分子"胸无定则，既没有学术思想资源，也谈不上坚守如一的信仰。这种文化群体不可能有什么深度感，因为他们失去了文化、历史，甚至生命之根，最后只能在"进步"中退化。

说这些是为了提示本剧对演员的台词功夫有相当高的要求，尽管剧本给出的台词已经比假名士们的话还不像话了。